文春文庫

鼠草紙

新・酔いどれ小籐次（十三）

佐伯泰英

文藝春秋

目次

「新・酔いどれ小籐次」おもな登場人物

赤目小籐次《あかめことうじ》　元豊後森藩江戸下屋敷の厩番。主君・久留島通嘉が城中で大名四家に嘲笑されたことを知り、藩を辞して四藩の大名行列を襲い、御鑓先を奪い取る（御鑓拝借事件）。この事件を機に、〝酔いどれ小籐次〟として江戸中の人気者となる。来島水軍流の達人にして、無類の酒好き。

赤目駿太郎　小籐次を襲った刺客・須藤平八郎の息子。須藤を斃した小籐次が養父となる。愛犬はクロスケとシロ。

赤目りょう　小籐次の妻となった歌人。旗本水野監物家の奥女中を辞し、芽柳《めやなぎ》派を主宰する。須崎村の望外川荘に暮らす。

勝五郎　新兵衛長屋に暮らす、小籐次の隣人。読売屋の下請け版木職人。

新兵衛　久慈屋の家作である新兵衛長屋の差配だったが、呆けが進んでいる。

お麻　新兵衛の娘。父に代わって長屋の差配を勤める。夫の桂三郎は錺《かざり》職人。

お夕　お麻、桂三郎夫婦の一人娘。駿太郎とは姉弟のように育つ。

五十六　芝口橋北詰めに店を構える紙問屋久慈屋の隠居。小籐次の強力な庇護者。

久慈屋昌右衛門　番頭だった浩介が、婿入りして八代目昌右衛門を襲名。

観右衛門　久慈屋の大番頭。

おやえ　久慈屋の一人娘。番頭だった浩介を婿にする。息子は正一郎。

国三　久慈屋の手代。

秀次　南町奉行所の岡っ引き。難波橋の親分。小籐次の協力を得て事件を解決する。

空蔵《そらぞう》　読売屋の書き方兼なんでも屋。通称「ほら蔵」。

うづ　弟の角吉とともに、深川蛤町裏河岸で野菜を舟で商う。小籐次の得意先で曲《わげ》物《もの》師の万作の倅、太郎吉と所帯を持った。

久留《くる》島《しま》通嘉《みちひろ》　豊後森藩八代目藩主。

青山忠裕《ただやす》　丹波篠山藩主、譜代大名で老中。小籐次と協力関係にある。

おしん　青山忠裕配下の密偵。中田新八とともに小籐次と協力し合う。

この作品は文春文庫のために書き下ろされたものです。

鼠草紙《ねずみのそうし》

新・酔いどれ小籐次（十三）

第一章　篠山入り

一

文政八年（一八二五）秋。

丹波は山また山、桜紅葉、柿紅葉、銀杏《いちょう》紅葉と多彩な色に染まっていた。

江戸の日本橋から出立して一月余り、赤目《あかめ》小籐次《ことうじ》、おりょうの夫婦、そして一子の駿太郎《しゅんたろう》の三人は、道中の最後の行程に差し掛かっていた。

丹波の亀山藩と篠山《ささやま》藩の国境と思しき天引峠《あまびきとうげ》はおよそ千六十尺（三百二十メートル）、標高以上に山高く、かつ深くおりょうには感じられた。

三人は艶《あで》やかな紅葉に染まった峠の頂から篠山城下と思える方角を眺めてみたが、人家一つ見えなかった。

「父上、生き物の気配がございません」

この旅の間にも目に見えて背丈が伸び、体付きがしっかりとしてきた駿太郎が養父母に言った。

「丹波篠山の名物は、猪と聞いておる。昼間は山奥に潜んでおるのではないか」

「猪は人を襲いますか」

駿太郎が母親の身を案じて聞いた。

「こちらが危害を加えようとせぬかぎり、生き物は無暗《むやみ》に人を襲うことはない。駿太郎、この世でいちばん手におえんのは人間様よ」

「おまえ様、駿太郎、この峠の秋景色を私ども三人だけで堪能しております、贅沢な旅にございますね」


篠山藩四代目藩主青山下野守忠裕《しもつけのかみただやす》は、藩主就任後まもない天明八年（一七八八）七月十七日に参勤のため篠山城下を出立して八月九日に江戸入りしている。

その折、二十三日間もかかる実にゆったりとした道中であったとか。丹波篠山の参勤交代は、通常十四、五日で江戸に到着した。

一方身内三人の旅は、おりょうの足を案じた小籐次と駿太郎がおりょうに合わせて、ゆったりとした足取りで進み、さらには京の都で数日を過ごした。

その京の旅籠《はたご》を発ったのが昨日のことだ。

京の七口の一つ、丹波口から桂川を渡り、嵐山を横目に老《おい》ノ坂《さか》峠を越えて亀山城下に立ち寄った。

伊勢国亀山藩との混同を避けるため、明治二年の版籍奉還に際して亀岡と藩名を変えた亀山は、明智光秀が築いた城下町だ。

三人は丹波口から四里半（十七キロ）の亀山城下を見物して一泊することにした。

「おまえ様、私の足の心配ならばご無用に願います。もう一宿は進めます」

おりょうが小籐次に言った。

「おりょう、亀山城下はな、山陰路と篠山への西京街道の分岐点じゃぞ。亀山を出ると三里以上も歩かねば園部に辿りつくまい、それも山道をいくことになろう。初めての街道で日暮れを迎えるのは危険じゃ、少し早いが篠山に転封されるまで三代の青山家の先祖が治められた亀山城下で体を休めて、明日の長丁場に備えようではないか」

「おや、亀山にも青山家は関わりがございましたか」

「おお、青山忠重様、俊春様、忠朝様の三代が藩主を勤められ、忠朝様の代に隣藩篠山に転じておられるのだ」

かような知識は中田新八とおしんから授けられたものだ。そんなわけで小籐次一行は、青山家ゆかりの亀山で宿泊した。

亀山城下から篠山城下までは九里（三十六キロ）、半ば以上が山道だ。

小籐次は明日の旅路を考え、おりょうのために亀山で駕籠《かご》を雇おうと考えていた。だが、おりょうは、

「おまえ様、駿太郎の生まれ故郷への最後の旅程、りょうは歩いて篠山城下に入りとうございます」

と小籐次に懇願した。ゆえに三人して徒歩の旅になったのだ。

「父上、青山の殿様もこの西京街道をお通りになって江戸へ出られるのですね」

「われらが歩く道を通って参られたであろうな。じゃが、ただ今は老中職を勤めておられる。公儀の要職にあるうちは江戸定府が決まりゆえ、この二十数年、国許の篠山にお戻りではない」

と応じた小籐次がおりょうに念押しした。

「おりょう、園部宿の先には西京街道の難所の天引峠が控えておる。さらに一つ

二つ小さな峠は待っていよう。六里は山道が続こう、この宿で駕籠を雇わぬか」

おりょうは首を横に振り、自ら先に立ち歩き出した。

「致し方ない。天引峠を越えれば篠山領内であろう、郷《さと》に参ればどうとでもなろう」

「おまえ様、りょうは篠山城下へこの足で歩いて参ります」

後ろを振り返ったおりょうは決意が固いことを告げた。

「無理は禁物じゃがのう。われらには江戸への帰り路も待っておるでな」

おりょうは小籐次の心配をよそに旅の間に使い慣れた竹杖の助けをかりて、天引峠の頂へ上りきったのだ。


陽射しの具合から見て、刻限は九つ（正午）を過ぎていた。

「おまえ様、江戸を出立する前日、青山の殿様にお目にかかられましたね。駿太郎の実母の小出お英様の墓参りは、なんぞ差し障りがございませんか」

おりょうが旅の間、言い出しかねていた疑いを発した。

「どなた様のお墓であれ、手を合わせて差し障りがあろうはずもない。まして、駿太郎は生みの親の墓参りをするのだ。泉下のお英様は必ず喜んで下さろう」

しばし間を置いたおりょうが、

「老中の任に就かれた青山忠裕様は、この二十数年、国表《くにおもて》の篠山にお帰りが叶わないと、おまえ様は申されましたね」

と小籐次の言葉を借りて話柄《わへい》を転じた。

「殿様が私どもにお英様の墓参りをお勧めになったのには、なんぞ曰くがございますか」

「うむ」

と小籐次は返答に迷った。

「父上、御用があっての旅でございましたか」

「駿太郎、おりょう、そなたらに隠し事はできぬな。殿様から密かに頼まれしことがないわけではない。いや、勘違い致すでないぞ、この齢じゃ、もはや篠山で刀を振り回してくれとの頼みではないわ。

まずなにより大事なことは、駿太郎が父の須藤平八郎どのが奉公していた篠山城下を己の眼で見ることだ。そして、そなたの実の母親のお英様の遺髪が葬られたお寺様に詣でて、お墓にお参りすることだぞ。そのことは青山の殿様もとくとご承知じゃでな」

小籐次が珍しくおりょうと駿太郎相手に言い訳めいた長広舌を揮《ふる》った。

「殿様の頼み事は、どのようなことかとお聞きしてもお答えにはなりますまいな」

「殿直々の頼み事、大仰なことではないでな。おりょう、ここは見逃してくれぬか」

小籐次がおりょうに願った。

「母上、父上は上様からも花火師の俊吉さんからも頼りにされるお方です。旅に出たといっても江戸にあるときとそう変わることはありません。諦めて下さい」

駿太郎が養父養母の間を執り成した。

その言葉を聞いたおりょうの顔に笑みが浮かび、

「致し方ありませんね、駿太郎の執り成しでは」

「助かった」

と思わず小籐次が呟いたとき、

「おまえ様、私にも内緒ごとがございます。代わりに殿様の一件は忘れて差し上げます」

と小籐次の顔を見て応じた。

「内緒ごとじゃと。おりょう、なんだな」

「おまえ様、内緒ごとと申しました。さようですね、『酒一升九月九日使い菊』、かような句をごぞんじですか」

「な、なに、酒一升じゃと。わしの同類が篠山におるか」

と小籐次が答えたとき、背後から、

「エッホ、エッホ」

の掛け声がして、早駕籠が二挺連なって、山道の傍らに避けた三人を追い抜いていった。たれが下りていたので、武家らしいとしか分からなかった。

早駕籠を見送った三人は、篠山街道とも呼ばれる西京街道の難所の天引峠を下り始めた。

「父上、父の須藤平八郎様がご奉公していた篠山はどのようなところですか」

駿太郎が実の両親の生地が近くなったせいか、小籐次に質《ただ》した。

「駿太郎、わしも初めての地じゃ。中田新八どのとおしんさんにな、教えられた話しかない。うろ覚えで間違いがあるやもしれぬぞ」

駿太郎が頷き、言った。

「それでようございます」

「関ケ原の戦いに勝ちを得られた徳川家康様は、譜代大名の松平康重様を常陸国《ひたちのくに》笠間から丹波国の八上《やかみ》城に移されて、この城の西の地にある篠山の小高い岡に新たな城を築くように命じられたそうだ。大坂城にはその当時も豊臣秀吉様の遺児、秀頼様がおられ、西国の毛利氏など戦国大名が秀頼様を総大将にして徳川方と改めて一戦を交えんと企てていた。そこでな、家康様は、篠山に実子ともいわれる松平康重様を置かれることで、大坂城の豊臣一族と西国大名が手を結べぬように図ったのだ」

「戦国時代の殿様は楽ではございませんね、あちらを立てればこちらが立たず、徳川様と豊臣家への気遣いで難儀極まりございませんでしたね、おまえ様」

「まあ、そういうことだ。それに八上城よりただ今の篠山に新たな築城を命じられた。城替えには別なる狙いがあったのだ」

「と、申されますと」

駿太郎が実父の須藤平八郎の生地篠山の諸々に関心を示したか、養父の小籐次に尋ねた。

「おお、そのことよ。新たなる篠山城の築城にはな、西国から二十一家の大名が呼ばれたそうな。その数八万もの人が集まり、わずか九月《ここのつき》で篠山城を完成させたそうだ。徳川家康様は西国大名が徳川に反旗を翻さぬようにと、金を使わせたのじゃな。俗にいう『天下普請』で完成した篠山城へ、八上城から松平康重様が初代藩主として引っ越しなされたのだ」

「父上、われらが訪ねる篠山城は青山様が殿様ですよね」

「松平家が八代続き、そのあと青山家忠朝様が亀山から移封されてこられたのだ。ただ今の青山忠裕様は篠山藩主として四代目のお方だ」

「おまえ様、中田様とおしん様からあれこれと学ばれましたね」

「おりょう、初めて篠山を訪ねるのになにも知らんでは、いささか恥ずかしいでな」

と言った小籐次が、

「駿太郎、老中青山忠裕様の御城には天守がないのだ」

「えっ、五万石のお殿様の御城に天守がないのですか、火事で燃えたのかな」

「最初からないのだ」

「と、申されますとおまえ様の旧主久留島《くるしま》家と同じではございませんか」

「おりょう、駿太郎、そうなのだ。わしが『御鑓拝借《おやりはいしやく》』と呼ばれる騒ぎを起こしたのは、殿の久留島通嘉《みちひろ》様が城中で受けた恥辱、詰めの間で『城なし大名』と蔑《さげす》まれたことを雪《すす》がんとしてのことであった。豊後《ぶんご》森藩久留島家は、石高一万二千五百石の外様小名じゃが、青山様は篠山藩五万石の譜代大名にして、ただ今は老中職についておられる」

「おまえ様、私も駿太郎もさようなことはよう承知です」

天引峠の下り坂を三人は篠山藩について小籐次の講釈を聞きながら進んでいた。するとと谷間から水のせせらぎが聞こえてきて、籾《もみ》が近いことを教えてくれた。井《い》川の水音だった。

「最前、篠山城は西国の二十一大名家に命じて九月の『天下普請』で造られたというたな。その折、家康公の知恵頭の本多正信様の、『篠山城には見場がよい飾りの天守などはいらぬ。それよりも城攻めに遭ったときのために、門、石垣、濠《ほり》をしっかりと造って戦に備えるべきである』との考えのもと、天守がただ今もないのだ」

「門と石垣と濠だけのお城ですか。どのようなお城でございましょうね」

「駿太郎、わしにも思い浮かばぬ。ゆえにおしんさんや中田どのに質したが、二人はな、『酔いどれ様の眼で確かめて下され』の一点張りよ。老中の青山様が城なし大名、いや、天守もない大名とは思いもしなかったぞ」

いつしか峠からの下り道が開けて黄金色に輝く田圃《たんぼ》が見えてきた。

「おお、郷に下りてきたわ」

小籐次がほっと安堵の声を洩らした。おりょうの足を案じていたからだろう。

「おまえ様、私はこのとおり元気にございますよ」

おりょうは足袋草鞋《たびわらじ》の足をとんとんとその場で踏んで見せた。

こたびの長旅に際して足袋問屋の京屋喜平の職人頭円太郎親方が、小籐次、おりょう、駿太郎に特製の革底足袋を造ってくれた。三人は、すでに一月以上の旅ですっかり円太郎親方の革底の足袋と草鞋履きに馴染んでいた。

「父上、最前の話ですが、天守なし大名はたくさんおられるのですか」

「わしは気にもしなかったが、久留島家以外にも陣屋だけの天守なし大名がおられるようだ」

「おまえ様の成し遂げられた『御鑓拝借』騒ぎは、久留島の殿様だけではのうて、天守なしの殿様方が密かに喝采を贈られた結果、おまえ様が天下の酔いどれ小籐次に祭り上げられた、とは考えられませぬか」

「うむ、考えもしなかったが、老中青山様の篠山城を見てみぬことには、なんともいえぬな」

と小籐次がおりょうに応じたとき、稲が実った田圃に囲まれた郷、西野々《にしのの》の切妻茅葺《かやぶき》屋根が見えてきた。十数棟の民家が西京街道に並んでいた。つるべ落としの秋の陽射しが小籐次らの行く手から差し込んでいた。

「長い山道でございました」

「母上、猪が出ないでようございました」

駿太郎が答えていた。

「まずはひと安心じゃぞ」

小籐次らは西野々の郷になんぞ食いもの屋でもないかと探したが、商いをなす家は見当たらなかった。山道を昼抜きで歩いてきたのだ。

「次なる郷に行けばなにかあろう」

西野々の先に次の集落が見えていた。

「父上、関所のような門が見えてきました」

「そうか、関所は山の中ではのうて郷にあるか。ともあれ篠山領に足を踏み入れたわ」

と小籐次らが安堵しながら関所の門を潜《くぐ》ると、役人が小籐次一行を珍しそうに見た。

「お手間をかける。われら江戸より篠山城下に向う者にござる」

「なに、江戸から参られたか。道中手形を拝見致そうか」

役人は調べというより好奇心か、小籐次に願った。

小籐次が道中嚢《ぶくろ》から老中青山忠裕の手形を取り出すと、

「ふむふむ、お手前が赤目小籐次どの、して、こちらが妻女とな」

と小籐次とおりょうを見比べて訝《いぶか》しい顔をすると質した。

「親子ではのうて夫婦でござるか」

「いかにもわれら夫婦にして、この者が一子駿太郎にござる。なんぞ訝しいかのう」

「いえいえ、失礼をば致した」

「こちらの関所は篠山藩領の関所じゃな」

「いや、そうではござらぬ。この安口《はだかす》までは亀山領でござってな、この先の川原《かわら》から篠山領でござる。その先の福住《ふくすみ》宿には篠山藩の本陣も脇本陣もございますでな。老中の手形をお持ちのお手前方を粗略にはすまい」

役人が小籐次らを通してくれた。

「わしは天引峠が篠山藩と亀山藩の藩境と思っておったが、どうやら峠を下ったこちらの郷が藩境であったか」

小籐次がだれにともなく呟いた。

「おまえ様、関所の文字を見ましたか」

「いや、なんだな」

「安口と書いてはだかすと読ませるようです。初めてかような地名を知りました」

「人の名や地名はなかなか難しいでな」

と答えたとき、次なる宿場から雅な囃子《はやし》が聞こえてきた。

「お祭りでしょうか」

駿太郎が言った。

提灯《ちょうちん》を点《とも》した曳山《ひきやま》がゆっくりと福住から川原へと進んできた。男たちは白い祭衣装になぜかねずみの仮面をかぶっていた。

秋の日が段々と暮れていく。

曳山に点された無数の提灯の灯りが宵闇に映えて美しかった。

道端に郷の住人か、女衆《おんなし》が曳山の来るのを待っていた。

「秋祭りですか」

とおりょうが女衆に聞いた。

「水無月祭《みなづき》ですよ。だけどな、今年はもう終わったな」

と女衆が隣の女衆に尋ねた。

「終わったな」

「どうしたことか」

と女衆が言い合い、雅な笛、胡弓、三味線、太鼓、小鼓《こつづみ》などの囃子に導かれるように提灯を点した曳山が小籐次らの前を通り過ぎていった。

「父上、ねずみの仮面にはなにか意味がございますか」

「はあてのう、丹波篠山には猪が棲んでおると聞いたが、ねずみは分からんな」

と応じた小籐次が、

「おりょう、存外山歩きに時間《とき》を要したようだ。今宵は篠山城下まで無理をせずに福住なる宿場に旅籠を見つけようか」

「お祭りの宵に旅籠が見つかりましょうか」

とおりょうが案じたとき、駿太郎が、

「どうやら私どもの篠山入りをご承知の方があの曳山を仕立ててくれたようです」

「ご承知の方とはだれだな、駿太郎」

「きっと福住なる宿場に行けば分かります、父上」

と駿太郎が笑った。

二

篠山領福住宿は、篠山と京を結ぶ西京街道の最後の宿場町であった。

江戸から長い長い旅路を経て最後の宿場は、吊提灯の灯りを点して小籐次らを迎えた。

「やはり水無月祭が催されておるな」

と小籐次が洩らし、

「篠山城下まではもはやさほどあるまい。祭りを見物しつつ篠山に向おうか。おりょう、足は大丈夫かな。それともこの福住で旅籠を探し、明朝明るくなってから篠山城下入りしようかのう」

本陣が置かれた山田家には、家紋入りの大きな提灯が門の左右に掲げられていた。

「本陣に厄介になる身分ではなし、安直な旅籠はないか」

と小籐次が宿場を見廻したとき、駿太郎が、

「父上、あれを」

と本陣の山田家の門に垂れた、大きな白布を差した。

「なんだ、駿太郎。すでに本陣にはどなたかお泊まりか」

夕暮れどき、老眼をこらす小籐次に駿太郎がもう一度白布を差し示した。

「歓迎　篠山藩にようこそお出でを
　酔いどれ小籐次様こと赤目小籐次様
　　りょう様
　　駿太郎様
　　　篠山藩家臣一同」

と墨痕《ぼっこん》鮮やかに認《したた》められていた。

「うむ、われらの篠山入りが知られていたか」

「はい、どなた様かが先回りなさり、かような趣向を企てられたのでございましょう」

駿太郎が答えるところに、最前擦れ違った曳山がお囃子も賑やかに戻ってきた。

「まさか祭礼の宵に篠山領の最後の宿場に着くとはな、おりょう、運がよいことよ」

「父上、水無月祭も私たちのためと思えます」

駿太郎の視線は横笛を吹く少女に向けられていたが首を捻《ひね》り、

「私の知る女子《おなご》と顔がよう似ていますが、こちらの方は若うございます」

「駿太郎、そなたの知り合いというか」

「父上、曳山の上の横笛のお囃子方をご覧くだされ」

「なに、篠山に知り合いはないがのう」

小籐次がいささか旅路に疲れた老眼を大きく開けてみると、なんと祭衣装の女衆の一人は老中青山忠裕の女密偵おしんではないか。この娘だけはねずみの面をかぶっていなかった。

「な、なに、おしんさんが先回りして、われらを篠山で出迎えてくれたか」

「おまえ様、おしんさんによう似ておられますが、駿太郎がいうとおりこちらの娘御は、齢が離れてだいぶ若いようにお見受けします」

おりょうが訝しみながらも言った。

賑やかな囃子が一段と高まり、ぴたりと止まった。

山田家の門前から紋付羽織姿の老人が姿を見せて、

「赤目小籐次様、おりょう様、駿太郎様、江戸より遠路はるばるようこそ丹波篠山にお越しくださいました。篠山藩福住本陣山田十左ヱ門、心より歓迎申し上げます」

と挨拶した。するとその背後から四斗樽《しとだる》を掲げた祭衣装の男衆《おとこし》が現れ、

「天下の酔いどれ小籐次様のために丹波杜氏《とじ》が仕込んだ、その名も『酔いどれ四斗酒』、一口お召し上がりくだされ」

と小籐次の足元に置き、五升も入りそうな大杯が女衆の手で小籐次の前に差し出された。

「驚いたぞ、おりょう。篠山城下を前に酒を馳走してくれると申されるぞ」

困惑の小籐次はおりょうの顔を見た。

おりょうが小籐次の驚きに微笑みを見せて、

「わが君、下り酒の銘酒、伏見、灘五郷の杜氏の多くはこの丹波の男衆と聞いて

おります。丹波杜氏の心意気の御酒、頂戴致さねば酔いどれ小籐次の名が廃りましょう」

と言ってのけた。

「おうおう、内儀様は肝が据わっておられますな」

山田十左ヱ門が破顔して応じ、

「それ、酔いどれ様に丹波の酒を味見してもらわんか」

と男衆に命じた。

四斗樽の蓋が手際よく割られて大柄杓で酒が大杯に注がれていく。

白木の大杯は祭衣装の男衆が左右から支えている。丹波の山で育った檜で造られた木杯か、酒が檜の香りと混然一体となって小籐次の鼻孔をくすぐった。それでも、

「酒は好物じゃが、篠山城下まで夜道が残っておるがのう」

と小籐次がぼやくと、曳山の娘と話していた駿太郎が、

「父上、ご安心ください。この曳山、私どもを乗せて城下までいく手はずだそうです」

「なに、おしんさんに似た娘から聞いたか」

「はい。おしんさんの従妹《いとこ》のお鈴さんです」

「どうりでおしんさんの顔と、うり二つですよ」

とおりょうがお鈴を見て、

「お鈴さん、丹波に逗留中お世話になります」

と願った。

「はい、おしん従姉《あね》からも心からお世話するように命じられております」

とお鈴が答えた。お鈴はおしんのことをおしん従姉と呼んだ。

町人の出と思えるお鈴はどうやら篠山城に武家奉公をしているようで、堂々とした受け答えだった。

そんな風に女たちが会話していると、大杯にほぼ五升の酒が注がれた。

「赤目小籐次様、風の便りに江戸には酔いどれ小籐次様なる大酒飲みがおられて、わが殿様とも親しい交わりをなされておると聞いておりました。今宵、ほんものの酔いどれ様をお迎えすることができました。丹波杜氏が丹精をこめた丹波酒にございます。まずはゆるゆるとお試しくだされ」

十左ヱ門が半ば疑いの眼で小籐次に勧めた。

小柄な年寄りが五升の酒を飲み干せるはずはない、と周りで見守る男衆も女衆も好奇の眼差しを小籐次に向けていた。

こうなれば小籐次とていつまでも遠慮をするわけにもいかない。

「お勧めゆえ、江戸からの旅の終わりに丹波杜氏の酒造りの業前《わざまえ》を堪能させてもらいますぞ」

小籐次は姿勢を正すと大杯の前に立ち、まず鼻を白木の酒器に寄せて野趣豊かな香りを嗅いだ。

「おお、これが丹波杜氏の造る御酒にござるか」

大杯の酒に曳山の提灯の灯りがいくつも映り、きらりきらりと揺らめいていた。なんとも眩惑される景色だった。

「おりょう、見てみよ。丹波の酒に水無月祭の灯りが彩を添えてくれたわ。わしも長年酒を頂戴してきたが、杜氏の郷で祭りの灯りをつまみに酒を飲み干すとはなんとも勿体ないぞ」

「おまえ様、いかにも贅沢ここに極まれりでございますな」

「赤目様、よろしゅうございますか。丹波にはふんだんに酒がございますでな、まずは篠山到着の祝酒、無理をせんでくだされよ」

との十左ヱ門の注意に会釈を返した小籐次が、五升入りの大杯を捧げる男衆に

頷き、

「ゆるゆるといきますでな、杯に添えるわしの手の動きに合わせて下されよ」

と願った。

「畏《かしこ》まりました」

小籐次の両手が軽く大杯に添えられ、口が揺蕩《たゆた》う酒に寄せられた。

「旅路は雨風の日もあり、難儀もあったがな、最後にかような極楽のときを迎えることができました。さあて、そろそろ」

と言った小籐次の口が大杯の縁に付けられると、不思議なことに祭提灯の灯りを映した酒がゆっくりと喉へと流れこんでいった。

「おお、さすがは酔いどれ様の異名をとるだけに、酒のほうが喉奥へとどんどんと流れこんでいきますぞ」

と山田十左ヱ門が感嘆の声を洩らし、大勢の見物人が歓声を上げた。

すると止まっていた囃子方の調べが小籐次の飲みっぷりに合わせてゆったりと奏され始めた。

小籐次は杯に添えた両手を少しずつ持ち上げ、男衆二人も合わせた。

お鈴たちの調べが少しずつ早くなっていく。

小篠次の飲みっぷりに合わせるためだ。

「もはや半分を飲まれたぞ」

「丹波にも酒飲みはおるが、二升五合を祭囃子に合わせて飲んだ強者《つわもの》は未だおるまい」

と見物の男衆が呆れ顔をする中、小篠次と男衆二人が捧げる白木の大杯の底が見えてきた。

「な、なんということか」

いまや大杯は小篠次の大顔を隠して、ほぼ立てられていた。

男衆ももはや手を離していた。

ほぼ空の大杯を両手で保持した小篠次が最後の一滴を喉に落とすと、しばし大杯に染みついた酒の香りを楽しむかのように動きを止めたが、数瞬後、

はっ

という声とともに大杯が下げられた。すると大杯に隠れていた小篠次の顔が、

にっこり

と微笑んだ。

だれをも幸せに誘う慈顔が祭提灯の灯りに浮かんでいた。

もはやだれも一言も発せなかった。

眼前で行われたことが、

「夢幻」

のようで信じられなかったのだ。

「わ、わしが酔っておるのか」

と十左ヱ門が茫然自失した呟きを発した。

一刻半（三時間後）後、小籐次、おりょう、駿太郎の三人は曳山に乗って、お鈴たちが奏する祭囃子を聞きながら、城下への入口篠山川に架かる京口橋をゆるゆると渡っていた。

刻限は四つ（午後十時）を大きく過ぎているであろう。だが、小籐次たちは刻限をもはや案じることはなかった。

曳山に乗った小籐次は丹波焼の大徳利に注がれた酒を茶碗で悠然と飲みながら、おりょうと駿太郎といっしょに揺られていればいいのだ。

「おりょう、かような篠山城下入りを考えたか」

「おまえ様、夢にも思いませんよ」

「江戸にもどり、かような話をしたとしてもだれ一人として信じまいな」

「いえ、酔いどれ小籐次の行くところ、なにがあっても不思議ではございませんよ。それにしてもかような趣向、どなたがお考えになったのでしょうか」

橋を渡り終えた曳山の囃子の調べが止んだ。

「赤目様、おりょう様、かような出迎え、江戸の殿様の命と聞いております」

横笛を吹きながら小籐次とおりょうの会話が耳に入っていたか、お鈴がそう言った。

「なに、青山の殿様直々のお指図か」

「はい。なんでも赤目小籐次様を驚かす趣向で出迎えよと文に書いてこられたそうです」

「お鈴さん、そなたは知るまいがわしはただの刃物研ぎの爺でな、老中様にさような接待を受ける身ではないがのう」

「いえ、赤目様と駿太郎さんは、過日江戸城にて上様にお目にかかり、その場で御酒を所望されたそうな。殿様は上様を喜ばせたお返しに小籐次を驚かす趣向を篠山で考えよ、と命じられたそうです。この程度のお迎えでは、赤目様は驚かれませんでしたか」

「よう承知じゃな」

「なに、おしん従姉が文で知らせてきました」

「おしんさんがさようなことを丹波に知らせてきおったか。わしは丹波に参れば、おりょうと駿太郎と三人静かに過ごせると思うてきたのじゃがな」

小籐次が酔いのまわった顔で茫然とした。

「赤目様、おりょう様、駿太郎さん、ここから城下町にございまして河原町《かわらまち》の商家が続きます」

とお鈴が教えてくれた。

両側には切妻屋根の商家が並んでいた。

「お鈴さん、私どもの今宵の宿は決まっておりましょうか」

駿太郎が聞いた。

「赤目様ご一家は堅苦しいことがお嫌いゆえ、城はいかんと江戸から命じられたそうです」

「あれこれと指図がきておるか」

「私どもが福住宿におるときに早駕籠がお城へと向いました」

「おお、われらも天引峠で追い抜かれたな」

「おそらく江戸からのご使者ではないか、と皆さんが噂されていました」

「江戸でなにか事が起こったか」

　小籐次が思わず口にした。

「おまえ様のいない江戸で事が起こるわけもなし、起こるとしたら酔いどれ小籐次のいる篠山城下ではございますまいか」

「なに、おりょう、あの早駕籠にはわしに用事がある使者どのが乗っておったというか」

「そう考えたほうがよろしいかと存じます」

　うむ、と小籐次が唸ったとき、お鈴が、

「駿太郎さんの問いにお答えしていませんでしたね。今宵の宿のことを」

と言った。

　慌てたのは小籐次だ。

「お鈴さん、ともかく城中はいかんぞ」

「はい。というわけであそこが今宵の宿にございます」

　曳山の上から見ると河原町の一角に煌々《こうこう》と灯りが点された、ひと際立派な切妻屋根の屋敷が見えた。

「篠山に商いに来られた京の商人衆が泊まる旅籠でございます。赤目様方には離れ屋を用意してございます。一晩お泊まりになってお気に召さなければ、直ぐに変えることもできます」

とお鈴が言った。

「お鈴さん、私どもは商人衆が泊まられる旅籠のほうが城中より気楽にございます」

おりょうがほっとしたとき、曳山が旅籠の前に到着した。するとぞろぞろと羽織袴の武家方が姿を見せた。

「おや、武家方がお泊まりのようですね」

「いえ、赤目様方をお迎えの御中老、御番頭、御目付、奥老方、篠山藩の重臣の方々にございます」

「なに、曳山の出迎えの他に藩の重臣方がわれら風情を出迎えておるか。この旅籠の客に迷惑をかけたな」

「いえ、旅籠は赤目様方がおられる間じゅう、貸し切りにございます」

「お鈴さん、よう承知じゃな」

小籐次がてきぱきとした答えのお鈴に質した。

「この旅籠、河原篠山は私の実家にございます」

「なに、そなたの家か」

「お城にて行儀見習いの奉公をしておりますが、赤目様方が篠山に滞在中は、私が皆さんにお仕え致しますのでなんでもお申し付け下さい」

　とお鈴が一礼した。

　この夜、お鈴の実家の旅籠の河原篠山から重臣方が引き上げたのは、九つ（午前零時）過ぎのことだった。

　深夜に風呂を頂戴して、離れ屋に入った小籐次らにお鈴の父親百左衛門と母親お登季が改めて挨拶に来た。

「日頃、おしんが江戸にて大変お世話になっていると文で知らせて参りました。篠山に滞在中はすべて私どもにお任せ下さいまし」

　と百左衛門が言い、

「いや、こちらこそおしんさんにはしばしば世話になっておる。篠山は右も左も分からぬでな、皆さんにご面倒をかけることになりそうだ」

　と小籐次が返礼し、ようやく床に就くことが出来た。

三

　さすがに小籐次は明け六つ（午前六時）の刻限まで熟睡した。すると離れ屋と母屋の間にある庭で、駿太郎が腰に孫六兼元《まごろくかねもと》を差して抜き打ちの稽古をしている気配があった。おりょうを起こさぬようにそっと障子を開けて部屋を出ると、縁側に腰を下ろし、沓脱石の下駄に足を乗せた。

「駿太郎、早く起きたか」

「いえ、最前です」

　庭には小さな池と石や紅葉などの木々が配されて、母屋の物音は聞こえなかった。なかなかの建物であり、庭園であった。

　駿太郎は離れ屋の狭い明地で孫六兼元を使っていた。うっすらと顔に汗を搔いているところを見ると、四半刻《しはんとき》（三十分）は稽古をしていたのだろう。

「本日、城に上がった折、稽古が出来る道場があるかどうか尋ねてみようか」

「はい」

　と頷いて兼元を鞘に納めた駿太郎が、

「父上、本日は城上がりの他になんぞ予定がございますか」

「出来ることとなれば、まずそなたの母御のお英様が眠っておる矢代なる地の寺に墓参りを済ませたいものじゃな。じゃが、城上がりをして篠山訪問の挨拶をせんことには、先方もわれらを勝手にさせてくれまいな」

老中青山忠裕不在の国許篠山を守る城代家老小田切越中への挨拶を済ますことがまず最初の用事かと、昨夜の重臣方との話し合いを小籐次は思い出していた。

小籐次と駿太郎はおりょうの眠りを妨げないように小声で話していた。すると母屋から飛び石伝いにお鈴が盆に茶を載せて運んできた。

「お早うございます。長い旅路のあとでございます、ゆっくりとお休みになればよろしいものを」

とお鈴が言って、小籐次の傍らに盆を置いた。

「そなたこそ朝早くから働いておるな」

駿太郎も腰の兼元を抜くと、小籐次と盆をはさんだ縁側に腰を下ろした。

「お鈴さん、父も私も江戸にいるときから早起きなのです。まして長い旅路のあと、初めての篠山に無事到着してどこか上気しているのでしょう。これでもいつもよりゆっくり眠ったのです、目を覚ましたのはつい最前です」

駿太郎がお鈴に言い、笑みの顔でお鈴が尋ね返した。

「駿太郎さんはおいくつですか」

「おしんさんは、文で言ってきませんでしたか」

「十二とおしん従姉《あね》は書いてきましたが、昨日会ったとき、書き間違えたのではないかと思ってお聞き致しました」

「おしんさんの申されるとおり十二歳にございます」

「驚きました。駿太郎さんは私と同じ十五くらいではないかと思っておりました。体も大きいし、なにより落ち着いておられます」

「物心つく前から養父に育てられてきました。だれにも養父は私の爺様と思われていましたし、養父から剣術も舟を漕ぐことも研ぎ仕事も習いました。ために同じ十二歳の者より年寄りくさいのではありませんか」

小籐次は若い二人の会話を聞きながら茶を喫した。

熱めの茶がなんとも美味《おい》しかった。傍らの小皿に梅干しが添えてあるのを黒文字でつまみ、口に入れると疲れが消えていく感じがした。

「いいえ、駿太郎さんは聡明利発な若侍です。おしん従姉が文で知らせてきた以上にしっかりとしたお方です」

お鈴が駿太郎を褒めた。

「ありがとう、お鈴さん」

駿太郎は礼を述べて、

「おしんさんは、私ども三人のことについて他になにか知らせてきましたか」

「はい」

と答えたお鈴に、

「お鈴さん、おしんさんはなんと知らせてきたな」

梅干しを食し終えた小籐次が二人の問答に加わった。

「駿太郎さんはご両親のどちらとも血の繋がりはないそうですね。ですが、日本一の夫婦にして親子だと認めて参りました。いえ、私も従姉の申す以上に素晴らしいお身内三人だと感心しております」

「駿太郎、お鈴さんにわれら一家は褒められたぞ」

小籐次が嬉しそうに言った。

「お鈴さん、ならば私の実の両親《ふたおや》が篠山藩に関わりのあるお方とご存じですね」

「おしん従姉はお二人の姓名までは知らせてきませんでした。ですが、駿太郎さんの亡きご両親は篠山のお生まれですか」

お鈴の言葉に頷いた駿太郎が、

「矢代なる土地は城下から遠いですか」

「少音寺のある矢代は、ゆっくりと歩いても一刻（二時間）もあれば十分に着きます」

お鈴は即答した。

「お城をお訪ねしたあと、参ることができましょうか」

駿太郎の問いに返事がしばし遅れた。

「駿太郎さん、私も真っ先に駿太郎さんを少音寺にご案内しとうございます。されどお城にて御用が直ぐに済むとも思えません。明朝ではいかがですか」

と困った声音でお鈴が答えた。

「駿太郎、われらはすでに篠山におるのじゃ。一日二日、そなたの母親のお墓参りが遅れるのは致し方なかろう」

と小籐次が言い、障子が静かに開けられて寝衣に羽織をかけた素顔のおりょうが姿を見せた。

「父上の申される通りです。われらは招かれた客です。篠山藩にも都合がございましょう」

とおりょうが言い、朝の光で眩しそうにおりょうを見たお鈴が、

「お心配りありがとうございます」

と応じた。そして、

「ただ今、おりょう様のお茶を持って参ります」

「お鈴さん、駿太郎のお茶をりょうが頂戴します。改めて、お鈴さんに篠山滞在中、なにかと迷惑をかけると思いますが、宜しくお願い申します」

と願った。

「いえ、とんでもないことでございます。お城では殿様と親しい一家が篠山に見えるというので、重臣方も粗相のないように何度も応接の談義をなしたそうです。本日、城代家老小田切越中様にお会いになることになりましょうが、ご家老様も赤目様方の来訪を気にかけてこられました。生意気なことを申すようですが、赤目様ご一家と城代家老様方がお会いになれば、今後過ぎた気遣いはなくなるような気が致します」

とお鈴が言った。

おしんの従妹のお鈴は聡明な娘だった。

「お鈴さんとお話ができて私どももほっと致しました」

とおりょうが言い、お鈴が、

「私の父と母が赤目様ご一家の逗留先はわが家でよいかどうか、案じております。ご不満があれば、どうぞ忌憚《きたん》なくおっしゃってください」

と気にかけていたことを尋ねた。

小籐次とおりょうが顔を見合わせ、

「お鈴さんや、われらに不満があろうはずもない。篠山を訪ねることをお許しになられた殿様に感謝申し上げるばかりでなんの不満もござらぬ。ましてかような立派な旅籠に泊まらせて頂き、なんの不足があろうか。のう、おりょう」

と言い、おりょうが笑みの顔で頷いた。すると駿太郎が、

「お鈴さん、この近くに剣道の稽古が出来る場所はございませんか。いえ、道場でなくとも構いません。寺の境内でも河原でもよいのです」

「駿太郎さん、それは本日お城に上がられたら城代家老様方にお願いなされば、即座に目途が立つ話です」

「ならば、この駿太郎もお鈴さんにすべてをお任せ致します、よろしく」

駿太郎が頭を下げた。

篠山藩には前史というべき八上藩が存在する。明智光秀の丹波攻略の最大の難関が波多野秀治の居城八上城であった。この古城跡は篠山城のほぼ東一里に戦国時代の面影を留めてある。

徳川の世になり、常陸国笠間から入封した松平康重は、当初この八上城を拠点にした。そして、徳川家康の庶子といわれる康重のために山陽道、山陰道、南海道の十七か国の二十一大名に手伝普請を命じてわずか九月で築城した。

天守のない篠山城の逸話はすでに記述した。

ほぼ真四角の外濠の内側に石垣と内濠が造られ、内濠と石垣の間に幅の広い、

「犬走り」

が設けられた。さらに北の大手と東と南の外濠に出陣に際して馬揃えができるような土塁造りの、

「馬出《うまだし》」

がそれぞれ設置された。

小籐次一行は、おりょうだけが篠山藩から迎えにきた乗り物に身を託し、小籐次と駿太郎は徒歩で乗り物に従った。

東の馬出を見つつ、北外濠にしばし乗り物を止めてもらった小籐次は、わずか

九月の短期間に「天下普請」がなった篠山城の石垣を見た。

なかなかの景観であった。

本日の案内人は、昨夜、旅籠の河原篠山に待ち受けていた一人、御番頭《ごばんがしら》の喜《き》多谷六兵衛《たがやろくのひょうえ》であった。年齢は三十一、二か。背丈は駿太郎とほぼいっしょの五尺八寸余だが、しっかりとした体付きは日ごろの武術の稽古を物語っていた。

「赤目様、いかがにございますか」

喜多谷が小籐次に篠山城の感想を尋ねた。

「わずか九月の天下普請と聞いていたが、なかなかの石組みであるな」

「その際の縄張りが藤堂高虎様、普請総奉行が池田輝政様と聞いております。このお二方の叱咤激励でかような篠山の石組みが完成致しました。二十一大名家配下の石工たちが互いに競い合って普請を為したためにわずか一年足らずで成し遂げられたそうな。いまも石垣の持ち場ごとに、およそ五十種類、二千個の石に各大名家の石工の符号が刻まれております」

縄張りとは設計のことだ。普請総奉行は総責任者といえばよいか。

「打込ハギ」と「野面積《のづらづみ》」を併用した石垣の高さはそれぞれ天守台六十二尺（十九メートル）、天守曲輪《くるわ》五十尺（十五メートル）、本丸四十三尺（十三メートル）あった。

「いやいや、普請した折の模様が眼に浮かぶわ」

と小籐次が感心した。すると喜多谷が、

「赤目様は、旧主久留島家の城下をご存じですか」

と尋ねた。

「わしはな、江戸の下屋敷の厩番《うまやばん》じゃ。森藩の国許も知らぬ。そなたも承知であろう、城なし大名と江戸城詰めの間で朋輩衆に蔑まれた話をな」

「赤目様はそれを知って四家の大名の参勤行列に一人で斬り込まれ、御鑓先を切り取って久留島様の無念を晴らされたのでございますな」

と言いながら、喜多谷が真《まこと》にこの年寄りがさようなことをしてのけたかという眼差しで小籐次を見た。

「話はそちらではない。わが旧藩と篠山藩の城とは比べようがない」

「とは申せ、わが藩の城には天守台があっても天守はございませんぞ。その代わり」

「その逸話も江戸を発つ折に中田新八どのやおしんどのから聞かされた。だが、外濠といい、馬出といい、この石垣といい、見事な平山城であるな」

小籐次の言葉に喜多谷が満足げに笑った。

「赤目様、それがし、中田新八やおしんとは知り合いでございましてな、今朝の案内方に選ばれたのも重臣の方々がそれを承知していたからでございます」

「そうか、そなたは新八どのやおしんどのと昵懇《じっこん》か」

北外濠を渡り、内濠の土塁道を通って広々とした犬走りを横切ると、石垣はさらに複雑にして巧妙な普請を見せた。

小籐次一行は篠山藩五万石の家臣団に迎えられて篠山城の大書院に通された。

この大書院、青山家の祝賀行事などに使われる大広間だ。京都の二条城の二の丸御殿の「遠侍《とおざむらい》」と呼ばれる書院の部屋割りとよく似た豪奢な造りだった。

ただし、上段の間にいるべき主は老中として江戸に定府していた。ゆえに無人だ。

下段の間の奥に城代家老の小田切越中以下の家臣団が居並び、小籐次、おりょう、駿太郎の三人と対面した。

小田切城代家老は茫洋《ぼうよう》とした眼差しで小籐次を見た。

「赤目小籐次、よう篠山に参ったな」

低声《こごえ》で歓迎の辞を述べたが、なんとなく迷惑との二文字が顔に表れていた。

「城代家老様、われら三人、江戸の殿のお言葉に甘えて篠山に伺いました。本日のご挨拶を済ませましたら、われらがことどうかご放念仕《つかまつ》りたく存ずる」

「世話をしては迷惑か」

「とんでもないことでございます。昨日の曳山でのお出迎え、われらごときに大層な持て成し、赤目小籐次、感動の極みにございます」

「そなた、西国の大名家の家臣であったそうじゃのう」

「家臣と申しましても下屋敷の厩番、下士といえば聞こえもようございましょうが、中間《ちゆうげん》同然の身分でしてな」

「その者が久留島様の無念を晴らすために独り敢然と四大名に戦を仕掛け、勝ちを得た、そうじゃな」

「城代家老様のお言葉ほど勇猛な所業ではございませんでな。世間はとかく話を大きくするものでござるよ」

平然とした小籐次と城代家老の会話を家臣一同が聞いていた。

小籐次にとって、かような問答は江戸を出る時から考えられたこと、招かれた以上致し方ないことと思ってきた。ただし、城代家老小田切越中の為人《ひととなり》が小籐次には察しがつかなかった。

「江戸家老の書状によれば、そなたと一子駿太郎が江戸城にて上様に拝謁の上、仰天すべき技を披露したとか、これもわが藩の江戸家老の作り事と申すか」

「城中に呼ばれたことは間違いござらぬ」

ふーむ
と小田切越中が首を捻った。

「なんぞご不審かな」

「いや、酔いどれ小籐次こと赤目小籐次について江戸よりあれこれと真実か流言飛語か知らぬが噂が伝わって参る。丹波篠山のような山中におるとな、話半分に聞いても未だ信じられぬ」

「で、当人を前にして城代家老様の考えは変わりましたかな」

「いや、ますます信じられんでのう」

小田切越中の正直な言葉におりょうが思わず、
ふっふっふふ
と微笑し、

「これは失礼をば致しました」

と城代家老に軽く頭を下げた。

「信じられぬと申さば、嫁女、そなたよ」

「おや、わが君から私めに飛び火しましたか」

「そなたほどの美形、篠山はおろか京でも見たことなし。その上、歌人として一派を率いるほどの見識と聞く。なぜかような年寄り侍、いや、赤目小籐次を亭主に選んだな」

「城代家老様は正直なお方にございます」

と笑みの顔で小田切越中に応じたおりょうが、

「女を見る眼はお持ちかと思いますが、そなた様には未だ武士《もののふ》を見る眼がございませぬな」

と平然と言い切った。

「なに、この小田切越中に武士を見る眼がないというたか」

「はい、申しました」

ううん、と小田切越中が唸った。

「小田切様、わが亭主赤目小籐次ほどの武士が文政の御世におりましょうや。そのことをそなた様の主青山忠裕様も、上様も承知ゆえお目通りをお許しになられたのでございましょう。外見だけで人を判断してはなりませぬ。その者の志と覚悟こそ男《おのこ》の評価であるべきでございます」

小籐次とおりょうに言い負かされて、いよいよ小田切越中は唸っていたが、

「駿太郎、そなたの父は風聞に伝え聞く通りの人物であるか」

と駿太郎に話し相手を変えた。

「城代家老様、父の場合、噂話が小さく伝わります。私どもがこの篠山に滞在する間、どうかわが一家の行状をご覧になって父のことを判断してください」

十二歳の駿太郎にまで言い返され、

「いかにもさよう。人柄を風聞や外見だけで判断してはならぬな」

と応じた小田切が、

「駿太郎、この篠山に来てわずか一夜じゃが、なんぞ足りぬものはないか」

「城代家老様、駿太郎は剣術の稽古がしとうございます。旅籠の庭ではいささか狭うございます」

「おおー、それは気付かなかったわ。どうだ、城の剣道場では稽古はできぬか」

とにんまりとして言い出した。おそらく赤目小籐次と駿太郎の腕前をどうしたら確かめることができるかと、最前から考えていたのだろう。

「父上、お城の剣道場にて稽古をなしてもようございますか」

小籐次が駿太郎の言葉に食いついた城代家老の反応に内心、にやりとしながらも、

「篠山藩の剣道場をお借りできるならばそれ以上のことはなし」

「赤目小籐次、どうだな、剣道場を見てみぬか」

と小田切越中が小籐次に誘いをかけた。

「早速のご対応、駿太郎に成り代わりお礼申し上げます」

「よし、皆の者、席を移せ」

と城代家老が家臣団に命じた。

四

篠山藩青山家の二代目忠高が明和三年（一七六六）に藩校「振徳堂」を創建し、当代の忠裕が天明年間（一七八一〜八八）に学舎を拡げて、「養正斎」と「成始斎」を増設した。

藩では当初加判役の石橋三太左衛門の下に世話役二名を置いて運営していたが、さらに督学方、学士方、教導方、世話方、学校付と細分化して文武の育成に当た

った。

剣道場は藩校の主要な指導機関として北の外濠と内濠の間、東馬出を臨む三の丸にあった。

藩校に学ぶ者は篠山藩家臣の選良百数十名であった。

剣道場の建物は質実剛健の気風を見せて独立しており、道場の広さは見所《けんじょ》を含めて百数十畳ほどである。

篠山藩では機迅《きじん》流、東軍流、中条流、万法《ばんぽう》一刀流などの剣術が教えられ、居合術は小柴流が加えられていた。

城代家老小田切越中以下、大半の家臣団が剣道場に移動し、赤目一家は小籐次と駿太郎が従い、おりょうはお鈴に伴われて篠山城の見物に回ることになった。

見所に城代家老小田切と重臣ら、それに小籐次が並んで座り、稽古着に着替えた駿太郎は、道場の床の隅々まで足裏で確かめて回った。

「どうだ、駿太郎、わが藩の道場の具合は」

小田切越中が声を掛けた。

「私が日ごろ稽古をする弘福寺の本堂より広うございますし、床板もしっかりとして立派です」

見所の小田切に向き直った駿太郎が堂々と答えた。

「そなたの剣道場は弘福寺道場と申すか」

「いいえ、剣道場ではございません。檀家の少ない弘福寺の和尚さんのご厚意で、本堂を道場として使わせて頂いております」

「なに、寺の本堂が道場じゃと。それはご本尊も驚きの毎日じゃのう」

「いいえ、一時ご本尊様がいなくなりました。ですが近ごろ戻ってきました。大方、酒代のために質入れしたのではないかと和尚の倅《せがれ》、智永さんから聞きました」

「なんと、さような貧乏寺で赤目駿太郎は稽古をしておるか」

「天気の折はわが屋敷の庭で稽古をすることもございます」

「師匠は父親じゃな」

「はい。門弟は私を含めて三名、いえ、寺の倅の智永さんを加えれば四名です」

「天下に名高い武勇の士の赤目小籐次の弟子が、寺の倅を加えて四名とな」

と応じた小田切の口調には、いささか赤目小籐次を買い被っておったかという感じが込められていた。

「どうだ、篠山藩の道場で稽古をしてみぬか」

「有り難うございます」

と駿太郎が礼を述べると小田切が、

「剣術指南の依田《よだ》軍之助はおるか」

と呼びかけた。

「は、はあ、これに」

と見所近くに控える壮年の家臣が応じた。

すべて手筈が整ってのことだ、と小籐次は推量した。

「依田、駿太郎の稽古相手を選べ。駿太郎は、未だ成人ではない。そのあたりを心がけて選べ」

と小田切越中は言った。

だが、即刻若い藩士八名が道場に姿を見せたところを見ると、小籐次の読みどおり最初から剣道場で赤目親子の力を試すことが決まっていたのであろう。

八名は十六、七か。駿太郎より四つは年上の若武者ばかりだった。当然藩校のなかでも文武に優れた面々であろうと思われた。

駿太郎のもとへ今朝方の案内方、喜多谷六兵衛がやってきて、

「駿太郎どの、木刀にしますか竹刀にしますか」

と手に木刀と竹刀を携えて尋ねた。

「初めてのお相手です。竹刀でよろしいでしょうか」

「構いません」

喜多谷は、なんとなく駿太郎の実力を察しているらしく、

「駿太郎どの、遠慮は無用です。ふだん父御の赤目様から受ける稽古と思い、存分に願います」

「有り難うございます」

駿太郎が竹刀を手に道場の真ん中に立ち、神棚のある見所に向って一礼するとその場に座して相手を待った。

「一番手、乾《いぬい》次郎左衛門」

と呼ばれた若武者が駿太郎の前に座し、互いに礼をし合った。

「よいか、これは打ち合い稽古である。一応それがしが立会を務めるが、それがしの役目は、軍鶏《しゃも》の絡み合いの引分方と思え」

と指南役の依田が、駿太郎と乾の二人に告げた。

その言葉を聞いた家臣団から忍び笑いが起こった。

両者が立ち上がり、竹刀を構え合った。

その瞬間、駿太郎の幼さを残した顔がきりりと引き締まり、正眼に構えた姿勢

がぴたりと決まっていた。

軍鶏の引分方と称した剣道場の指南役依田は、

(これは)

と驚きを瞬時に隠した。

相正眼の乾次郎左衛門は十七歳で、背丈は五尺六寸ながら体付きは大人のそれだった。駿太郎は二寸余、背丈は高かったが未だ成長期の体付きだ。

乾は、江戸から篠山を訪れた相手を一撃のもとに倒そうと張り切っていた。

一瞬見合ったのち、乾が仕掛けた。

間合いに踏み込むとその場で待ち受ける駿太郎の面を狙った。

(決まった)

と思った瞬間、びしりと巻き付くような胴打ちに横手に吹き飛ばされていた。

大半の家臣が駿太郎の胴打ちを見逃していた。余りの速さにだ。

剣道場が森閑とした。

「参りました」

と床に転がった乾が元の位置に戻ると駿太郎に潔く一礼し、駿太郎も返礼した。

「さすがは赤目小籐次どのの嫡子かな」

と言葉を洩らした指南役にして立会の依田が、

「そなたら、気持ちを引き締めてかかれ」

と残りの七人を鼓舞した。

だが、その甲斐もなく若侍たちは駿太郎の迅速の攻めに次々に倒されてしまった。

もはや依田指南の顔は真っ青だ。

主不在の篠山藩を預かる城代家老小田切越中以下、だれもが茫然自失していた。

駿太郎は、道場の壁際に引き下がって静かに座していた。

赤目小籐次のもとへ喜多谷六兵衛が歩みより、

「赤目様、来島《くるしま》水軍流の片鱗を嫡子駿太郎どのの動きに見せてもらいました。この喜多谷、赤目様にお願いがございます」

とだれにも聞こえる声で話しかけた。

「なにかな」

「赤目様、それがしに一手なりともご指導願えませぬか」

喜多谷六兵衛は一方的な結果を試合前から見抜いていたわけではない。だが、駿太郎がただの少年ではないと察していた。ともかくこの場の重苦しい雰囲気を変えるために小籐次に願ったのだ。

「なに、爺に汗を掻けと申されるか。長旅でな、体を動かさなかった。おぬしの満足するお相手ができるかどうか」

と応じた小籐次が、

「小田切様、喜多谷どのと稽古をしてようござるか」

と許しを乞うた。

「うむ、そなたの倅があの腕前じゃ。さすがに江戸におられる殿はお目が高い。赤目小籐次どの、喜多谷の願い聞き届けてくれぬか」

「お許し有難き幸せ」

と見所からひょこひょこと立ち上がった小籐次は、篠山城訪問のために着ていた道中羽織を脱ぎ捨て、駿太郎に、

「木刀をどなたかから借りてきてくれぬか」

と願った。

喜多谷六兵衛も手に木刀を握っていたからだ。

喜多谷は、赤目親子の力を全く察せられなかった同輩たちに、赤目小籐次の真の力を見てもらおうとして、志願したのだ。

小籐次は駿太郎が持ってきた木刀を一、二度素振りすると、駿太郎を下がらせた。そして、見所にまず一礼し、道場の端に並んだ家臣団に会釈を送ると、

「赤目小籐次の来島水軍流は、西国の小名に伝わる田舎剣法でござる、それがし、亡父より伝授されたものにて、本来の来島水軍流かどうかも言い切れぬ。老中青山様のお国許にお招きに与《あず》かった上に藩校にて親子して稽古をさせて頂く光栄に、城代家老小田切様をはじめ、ご一統様にまず感謝申し上げたい。年寄りの技でござる、粗忽《そこつ》があればお見逃しありたい」

と長閑《のどか》にも言葉を述べて、喜多谷六兵衛に向き直った。

そのとき、喜多谷は見所に向って左に位置していた。下位の者の位置どりをして赤目小籐次が上位の剣術家と敬い、一同に知らしめていた。

「赤目様、ご指導のほどを」

「喜多谷どの、御手柔らかにな」

と小籐次が答えて、木刀での申し合いが始まった。

下位の者の務めと心得て、喜多谷は攻め始めた。それを小柄な小籐次が受け、弾いた。一見緩やかな打ち合いのように見えて、喜多谷の攻めにも小籐次の受けにも一片の弛緩《しかん》もなかった。

途中から小籐次が攻めに変わった。

喜多谷は必死の形相で受けた。

攻守を変えた打ち合いが四半刻も続いたあと、阿吽《あうん》の呼吸で小籐次が木刀を引いて、喜多谷が倣った。そして、弾む息の下、喜多谷六兵衛が、

「赤目小籐次様、それがし、本日のご指導生涯忘れることはございません」

と深々と小籐次に頭を下げた。

小田切も依田も、小籐次が息も切らしてないことに驚きを禁じえなかった。

「赤目小籐次どの、『御鑓拝借』以来の数多《あまた》の武勲、ただ今小田切越中、眼前で見せてもろうた。殿がそなたを敬うはずじゃ。われら、篠山にいて井の中の蛙《かわず》であることを忘れておった」

と口調を改めて言った。

「ご家老、喜多谷どのがな、遠路江戸からきた爺に誉《ほまれ》を授けてくれたでな、体面がなんとか保てたのでござるよ」

小籐次の言葉に小田切が喜多谷に視線を送り、

「喜多谷、そなた、赤目小籐次どの相手にさような小細工を致したか」

「ご家老、それがしの息遣いを見られれば歴然とした力の差はお分かりでござい

ましょう。十二歳の駿太郎どのといい、赤目小籐次様といい、天下の兵《つわもの》親子にございますぞ」

喜多谷の返答に家臣団から、

「な、なんと駿太郎どのは十二歳か。親父様の技にも驚いたが、倅どのの若々しくも潔い剣術には言葉もないわ」

「いかにもさよう。篠山藩の詰めの間が赤目氏《うじ》の旧藩といっしょでなかったのはなんとも幸運じゃぞ」

などと言い合った。

篠山藩の剣道場を預かる依田が小田切に歩み寄り、何事か囁いた。

「おお、そのことよ」

と大声を上げた小田切が、

「赤目小籐次どの、駿太郎、篠山藩家臣一同より頼みがござる」

と言い出した。

「なんでござろうな」

「明日より剣道場にお通い頂き、篠山滞在中、家臣らに剣術指導を願えませぬかな」

「ご家老、お安い御用にござる。駿太郎は旅の間、稽古が存分にできぬと不満を募らせていましたでな、喜びましょうぞ」

小籐次の言葉に駿太郎が大きく首肯《しゅこう》した。

「依田どの」

と小籐次が依田に視線を向けた。

「最前も申したが、それがしが親父から習った剣術は来島水軍流じゃが、ご当家の流儀に差し障りはござらぬか」

「もはや赤目どのの剣術は上様もお認めの天下の剣にござる。なんじょう文句がございましょうや」

「ちなみに御藩の流儀をお聞かせくだされ」

「赤目どの、それがしは機迅流にござってな、東軍流、中条流に小柴流居合を伝授しておる」

と言った。

小籐次は駿太郎の父が心地流をどこで学んだか、と考えて尋ねたのだ。

「ところで篠山城下に町道場はござるかな」

「城の西側、徒士《かち》たちが住む西浜町に藩道場はござるがな。なんぞ町道場に用事かな」

「いや、篠山城下は昨夜着いたばかりでしてな、城下の右も左も分からぬゆえ、お聞きしただけでござる」

駿太郎の父と母が篠山藩に関わりがあることを承知する者は、この篠山にはいないはずであった。

いや、赤目小籐次が駿太郎を引き取ったことは、藩主青山忠裕の遠戚にして篠山藩の役職筋目であった小出家が承知だった。

小出家はお英の実家だ。お英は篠山城下で美形を知られた娘であった。藩主と遠戚ながら重職を外されていた小出家では、美貌のお英を藩主の青山忠裕の側室に上げることを策していた。むろん小出家が藩の重臣に返り咲くことを考えてのことだった。

だが、お英と篠山藩の馬廻役の須藤平八郎との忍び逢いの結果、駿太郎が生まれた。

長年の企てを壊された小出家の怒りが須藤平八郎に向けられたとき、馬廻役の須藤は乳飲み子の駿太郎を抱えて、篠山藩を脱して江戸へと出たのだ。そして、親子で食わんがために赤目小籐次を討つ刺客になった。

この一連の騒ぎの詳細を改めて記述することもあるまい。

この篠山で小籐次と駿太郎の関わりを知る者がいるとしたら、家禄千二百石を五百石に減じられてなんとか小出家の家系を保ったお英の兄の小出雪之丞《ゆきのじょう》だけだろう。

小籐次は、篠山に赤目一家が藩主の許しで滞在していることを、小出家が当然知ることになると思った。だが、小籐次のほうから小出家につなぎをつける気持ちなどさらさらないし、そのことを城代家老らに伝える考えもない。

お英の墓参りをすることが一家の望みであり、須藤平八郎がどこで心地流を学んだか、小籐次は知りたかっただけだ。

ともあれ赤目一家の篠山城訪問の、いわば儀礼は終わった。ほっと安堵した小籐次一家は、喜多谷とともに旅籠河原篠山へと帰路についた。

「おりょう、城内はどうであったな」

「石垣の上から見る篠山の城下と山々の景色がなんとも艶やかでございました」

と乗り物の中からおりょうが満足げに答えた。

「おまえ様方はいかがでございましたか」

「明日から朝稽古にわしと駿太郎が加わることになった」

「と、申されますと墓参りは当分先にございますか」

「お鈴さんは矢代の少音寺ならば城下外れ、片道一刻もあれば着くと申さなかったか。ならば、朝稽古の終わったあと、明日にでも矢代まで参らぬか」

「そう致しましょうか」

との会話を聞いたか、喜多谷六兵衛が、

「赤目様、矢代にお知り合いの墓がございますので」

と尋ねてきた。

小籐次は足を止めて乗り物と駿太郎を先に行かせた。

「われらの話が耳に届いたか。喜多谷どの、できることとなれば、この話、聞かなかったことにしてくれぬか」

と願った。

「つい耳に入りまして失礼をば致しました」

と喜多谷は詫びた。

小籐次は頷き返した。喜多谷はしばし沈黙していたが、

「赤目様、わが江戸藩邸の総目付伊達兵庫助《ひょうごのすけ》を承知ではございませんか」

と尋ね返し、

「うむ」

と小籐次が喜多谷を見た。

「伊達兵庫助はそれがしが物心ついた折から兄同然でございまして、なんでも話す間柄にございます」

「と、申されると筋目であった小出家の一件をそなた、承知か」

「こたび赤目様ご一家が篠山に参られると知った伊達がそれがしに、馬廻役須藤平八郎どのと筋目であった小出家のお英様の一連の騒ぎを知らせてくれ、まさかとは思うが、赤目様方に小出家から嫌がらせなどなきように密かに見張ってくれとの書状を貰いました。この一件を承知なのは、篠山ではそれがし一人かと存じます」

「そなた、中田新八どのやおしんどのとも昵懇であったな」

「はい」

と短く喜多谷が答えた。

青山家の密偵の二人と親しいということは、新八とおしんが篠山を訪ねた際、いっしょに行動し、二人の言動を承知していると小籐次は思った。

「喜多谷どの、小出家は篠山領内に蟄居《ちっきょ》されておると聞いたが、なんぞ騒ぎを起こす気持ちがあると思うか」

「なんとも申せません。小出家はそれがしの腹心の者に見張らせてございます」

と喜多谷は言った。

「赤目様、駿太郎どのをようも立派にお育てになられました。篠山藩の家臣の一人として赤目様にお礼を申します」

喜多谷が頭を下げたとき、旅籠の河原篠山が見えてきた。

第二章　国三の頑張り

一

江戸では晩秋の陽射しが穏やかに散っていた。

芝口橋の北詰めに角店《かどみせ》を構える紙問屋久慈屋《くじや》では、帳場格子の中から大番頭の観右衛門《かんえもん》が広い土間の一角に視線を送り、溜息を洩らした。当人は視線をそちらに向けたことも溜息を洩らしたことも意識していなかった。

「大番頭さん、何度見ても赤目様親子はこの江戸にはおられませんよ」

帳場に並んで座る若い主の昌右衛門《まさえもん》が注意した。

「えっ、旦那様、私がなんぞしましたかな」

「帳簿から目を上げるたびに赤目様の研ぎ場を見ています」

「そんなことをした覚えはございませんがな」

観右衛門が首を捻った。

そのとき、土間で配達用の品の荷づくりをする手代の国三《くにぞう》が店先に立った人影に気付き、昌右衛門に告げた。

「旦那様、もうお一方、研ぎ場を見に来られたご仁がおられます」

「読売屋の空蔵《そらぞう》さん、今朝がたも見えましたね。なんぞうちに御用がございますか」

昌右衛門が空蔵に視線をやった。

覇気のない顔付きの空蔵が久慈屋の店に入ってきながら、

「昌右衛門様、大番頭さん、久慈屋ではなんぞ工夫をしないのか」

と尋ね、

「工夫とはなんですな」

と投げやりな口調の観右衛門が問い返した。

「だからさ、大番頭さんよ、いまさら言うまでもないが、赤目小籐次と駿太郎親子の研ぎ場は、紙問屋久慈屋の生きた看板だよ。芝口橋を往来する人々の多くが久慈屋の店先に座って刃物研ぎをする親子を見てよ、『おお、親子で今日も研ぎ仕事に精を出しているな、おれたちも夏の疲れなんぞに負けずによ、ひと稼ぎしなきゃあならんぞ』と励みに感じて通り過ぎていくんじゃないか。そこでよ、赤目親子の人形なんぞを紙で拵《こしら》えてよ、研ぎ場に置いてみねえな。『おお、本日も酔いどれ小籐次も駿太郎さんも仕事をしているぞ』と勘違いする人がいるんじゃないかね」

「それが読売屋の空蔵さんが思い付いた工夫ですか。だれが紙人形をほんものの親子と勘違いしますね」

「ダメか」

と応じながら帳場格子の前の上がり框《がまち》に力なく腰を下ろした空蔵が、主と大番頭の顔色を窺い、

「その顔じゃあ、文は届いてないな」

と洩らした。そして、

「赤目一家はよ、もう京都にはいくらなんでも着いていますよね。芝口橋を七つ(午前四時)立ちしたのは、一月以上も前の話だもんな」

「わたしゃ、もはや丹波篠山に到着していると思いますがね」

観右衛門が応じた。

「ならば文くらいさ、篠山に着きましたと書いてきてもいいじゃないか」

「空蔵さん、江戸と丹波篠山の間は百三十七里（五百四十キロ）あまりございます。赤目様一家が到着していて、篠山藩の御用飛脚便を願うにしても八日、いや十日はかかりましょうな」

とこんどは昌右衛門が答えた。

「十日か。なんでよ、そんな遠くに墓参りなんぞに行ったんだよ。手近なところで済まされなかったのかね」

「空蔵さんには、駿太郎さんに実の母親の生地を見せたい、墓参りをさせたいという赤目様やおりょう様の情がお分かりになりませんかな」

八代目の昌右衛門が空蔵に質した上で言い添えた。

「どうしても赤目様方の近況をお聞きになりたければ、どこぞの占い師を訪ねてご覧なさい」

「若旦那、いや、若旦那じゃなかったな、本物の旦那様さ、じょ、冗談を言いなさるな。腐っても読売屋の空蔵だ、読売のネタはこの二本の足で探しますよ。占い師なんぞ聞きにいけるものか」

「ならば老中屋敷はどうですな」

観右衛門が二人の問答に割り込んだ。

「西の丸下を訪ねろってか。読売屋風情が訪ねていけるところかどうか、大番頭さんはとくと承知でしょうが」

「それで久慈屋に来てぼやかれてもうちの仕事が捗《はかど》りませんでな」

「迷惑か」

「まあ、そんな具合です。折角見えたんです。茶を喫していきなされ」

と観右衛門が応じたところに、そろそろ産み月が迫って大きなお腹のおやえが小女とともに、亭主の昌右衛門と大番頭の観右衛門、それに空蔵に茶菓を運んできた。

「夏の疲れを差し引いても、詮のない問答がうちの店先で繰り返されているわね」

「お内儀さん、ぼやくくらいしか思い付かないんですよ。あの年寄り爺が江戸にいないとなるとさ、こう胸の中がぽっかりと空いてさ、空っ風が吹いているようでね、仕事に精がでない」

とぼやく相手をおやえに代えた空蔵が、

「おおっ、大福ですか、大好物でね」

と手を伸ばし、

「ほんとうに、ほんとうに赤目一家は篠山に着いていますよね」

とだれにとはなく念押しした。

「もう一月と五日です。いくらおりょう様のおみ足を考えても篠山には着いておられますよ」

と昌右衛門が請け合った。

「丹波篠山か、遠いところだろうな」

と嘆くように言った空蔵が、甘味処山城屋半右衛門方の大福を口に咥《くわ》えた。そして、うん、となにかを思い出したように言った。

「美味しいの、不味《まず》いの」

とおやえが問い、

「そうじゃございませんよ、最前の話ですよ」

と空蔵が答え、

「どの話ですね」

と昌右衛門が空蔵に質した。

「酔いどれ親子の研ぎ姿の紙人形をさ、人形屋に誂《あつら》えさせてね、あの店先に置き、

『酔いどれ小籐次、ただ今墓参りのため休業中、しばしご迷惑をお掛け申す』とかなんとか札を人形の胸前にぶら下げてはどうですね。こちらの商いの景気づけにならないかね」

と空蔵が言い出した。

だれもが黙り込んで考えた。このところ赤目親子の研ぎ場が設けられていないというので、一日に何人もの人が久慈屋の奉公人に問い質した。中には包丁を手に研ぎを頼みに来た者もいる。

「大番頭さん、空蔵さんの考え、存外よろしいかと思います。折角見えたお客様にかような奉仕をするのも紙問屋の務めかもしれませんね」

昌右衛門が言いだし、おやえも、

「面白いと思うわ」

と亭主に賛意を示した。

「紙人形ってどれほどの大きさですか、旦那様」

と観右衛門が話を蒸し返した昌右衛門に尋ねた。

「そりゃ、等身ですよ」

「なんですって、そりゃ、大きい人形ですね。直ぐに造る頼みを聞いてくれる人形屋がありますかね」

「大番頭さん、人形屋に頼むこともありますまい。うちで造ればよいのですよ。この時節、日中は閑《ひま》です。手代の国三は赤目様との付き合いもあり、竹も扱えましょう。竹で形を拵え、うちの紙を張ればよろしいではありませんか。手造りだからこそ、お客様は赤目小籐次様と駿太郎さん親子の人形を喜んでくれるかもしれませんよ」

昌右衛門が自分の話に乗ってきた。

「旦那様よ、そうこなくっちゃ。どうだい、国三さん、酔いどれ仕込みの腕で、竹でかたちが出来るかね」

空蔵が最後に国三に話を振った。すると国三が昌右衛門を見て、

「旦那様、この話、真面目に受け取ってようございますか」

と念押しした。

「はい、真面目も真面目、大真面目です。うちに看板がいないのは寂しゅうございませんか」

昌右衛門の問いに国三がにっこりと笑い、

「新兵衛長屋の赤目様の仕事場にはいつも竹が用意してございます。あの竹を借

り受けるならば三日もあれば、赤目様と駿太郎さんの研ぎ姿の竹細工を造れます」

と言い切った。

「待った。話がそうとんとん拍子に進むと、この空蔵も一枚嚙まなきゃ間尺《ましゃく》に合わないや。赤目親子の人形が出来た暁には、読売でよ、久慈屋の人形看板の宣伝にこれ努めるぜ」

と空蔵も張り切った。

「ご一統様、私には手に負えない箇所が一つございます」

と国三が言った。

「なんだい、国三さん」

「紙人形に最後の魂を吹き込むのは絵師です。素人の私たちがやるのもようございます。ですが、酔いどれ小籐次様と駿太郎さん親子を直に知る絵師に二人を描いて頂くのはどうでしょうか」

国三の口ぶりにはなんとなく心当たりがありそうだった。

「国三、そなた、うちに出入りする喜多川歌麿様の門弟、歌冶《うたや》絵師のことをいうておるか」

「は、はい。ですが素人細工の紙人形に絵を描けだなんて、歌冶絵師は受けてくれましょうか」

「国三、受けますとも。私が受けさせます」

と観右衛門が言い切った。

喜多川一門の弟子の歌冶は、絵は上手なのだが、不思議なことになかなか売れなかった。

紙問屋久慈屋では小売りはしないのだが、隠居五十六《いそろく》の代から歌冶の使う紙をただ同然で分けていた。それに歌冶の住まいは、芝口橋から御堀端を八丁ほど上がった伏見町の裏長屋だ。

「私が師匠に願ってきます」

と請け合った観右衛門が、

「国三、赤目様の仕事場を使わせてもらい、紙人形を拵えなされ。赤目様には丹波からお戻りになった折に長屋を使ったことなど諸々をお詫びしますでな」

「ならば今晩からあちらで仕事をさせてもらいます」

「いえ、今から新兵衛長屋に行き、なにが足りないか、調べなされ」

と観右衛門が命じて、赤目小籐次、駿太郎親子の研ぎ姿の看板人形造りがにわかに始まった。

国三は西野内村で再修業をしていた折に竹の扱いを覚えていたので、竹細工に使う道具を持っていた。その道具を携えて新兵衛長屋に出向き、観右衛門は歌冶師匠の伏見町の裏長屋を訪ねることになった。

人形造りが始まったことで、急に久慈屋の店頭に活気が出てきた。


小籐次一家に案内人として喜多谷六兵衛とお鈴が同行し、一行は五つ（午前八時）の刻限に旅籠の河原篠山を出立した。

小出お英の眠る墓は篠山城下から西南に一里半ほど離れた矢代村少音寺にあった。おりょうの足でも一刻もあれば辿りつける計算だった。

菊の花束を手に持った駿太郎は、腰に実父須藤平八郎の遺品の脇差を差していた。

篠山城で城代家老小田切越中以下、家臣団と面会した小籐次と駿太郎は、翌日の朝稽古から篠山藩士の指導をすることになった。

だが、小田切越中が命じたほど簡単なことではなかった。篠山流の稽古の仕方を小籐次流に変えるのに十日ほどかかったのだ。

というのも家臣団の朝稽古に出て、

（忠裕様の危惧が当たっていたな）

と小籐次は思った。

藩主が幕府の老中をこの二十数年勤めているために、国許の篠山に帰国が叶わなかった。主のいない国許では、どうしても家臣の緊張がゆるみ、覇気が薄れてしまう。そのことを藩主の忠裕自身が一番気にかけていた。

こたびの篠山行を小籐次に勧めた忠裕は、

「国許の家臣の気構えを見てくれぬか」

と願った。

文化文政の治世、江戸においても享楽優先の消費文化が横行して、武士は気概も志も薄れていた。武士の象徴である刀さえ、

「重い刀より軽い刀」

を選び、細身の刀の拵えにしか気配りがいっていなかった。

いくら平時とはいえ、武士が遊びにうつつを抜かすようでは困ると考えた老中の青山忠裕は、まず自藩の青山家の家臣団に気の緩みがあるようなれば、

「そなたの力でいま一度、わが篠山藩の家臣どもに文武優先の気風を取り戻し、

鍛え直してくれぬか」

と願ったのだ。

「殿、それがし、武においていささか虚名を得ておるようですが、文はまともに字すら認められませぬ」

「小籐次、そなたにはおりょうがおるではないか。芽柳《めやなぎ》派の主宰者がそなたに同行するのだ。夫婦そろって文武の指導を篠山で致せと申しておるのだ」

と忠裕が言った。

「なんとおりょうも篠山で御用を勤めることになりますか」

「小籐次、篠山に行けばそなたらも直ぐに気付こう。篠山は江戸に比べて住人も少なく商いも盛んではない。一言でいえば在所城下、寂しい土地じゃ。まして主の予が国許に帰ることができぬ。となれば、なんとのう城下の模様が察せられるのだ」

とその危惧を小籐次に訴えた。

ともあれ赤目小籐次は駿太郎を伴い、初めての朝稽古に出てみた。

時節は秋ゆえ日の出は遅い。

朝稽古の刻限を六つに決めていた。だが、親子が六つ前に三の丸の剣道場に出向いてみると、家臣の半数も顔を揃えていなかった。

御番頭の喜多谷六兵衛が、

「なんとも恥ずかしき限りです」

と詫びた。

小籐次は喜多谷に頷き返し、

「ご一統、朝稽古の前に一言申し述べておきたい。昨日、城代家老小田切越中様より依頼を受けて、不肖赤目小籐次が今朝方より剣術の教授方を勤めさせて頂くことになり申した。一条だけそれがしに申し分がござる」

と寝ぼけ眼の家臣たちを見廻した。

小籐次は言葉を継いだ。

「道場に入れば身分家格の上下はなし、互いに力の限りを尽くして稽古に励まれよ。さもなくば、道場よりの退場を命ずる」

と述べた。すると約束どおり明け六つに集まった家臣の中から不平の声が上がった。

「なんぞ差し障りがある者は、この場ではっきりと述べられよ」

小籐次の言葉に一人の家臣が言い出した。形《なり》や言動から見て上士の一人であろうと思われた。

「赤目どの、そなたは確かに天下に武名を謳われた武芸者にござろう。されど篠山藩青山家には藩祖以来、習わしがござってな。突然、江戸より参られた赤目どのにやり方を変えられるわけにはいかぬのです」

「と、申されるとどのような習わしかな」

「青山家では道場の内外、城の内外に関わりなく格と職の違いは認められておる。士分の中で加判八家、番頭、給人上席、給人、独礼と呼ぶ徒士と分かれ、士分の下の卒分も、小役人、卒、職人、足軽と厳然と分けておる。この家格と職分は、道場においてさえ上下なしでは許されぬ」

「いささか説明不足であったかな。お手前、姓名の儀は」

「加判一家、稲冨五郎佐《ごろうざ》、職分は用人にござる」

「稲冨どの、道場内での礼儀作法、当然のことながら家格と職分の違いによることがあってよろしい。されど、竹刀を持って立ち合うとき、上士と下士はいったん家格と職分を忘れて頂き、力と力、技と技で立ち合って頂きたいと申し上げたのでござる」

小籐次の言葉に道場内が森閑とした。

しばし間を置いて稲冨が口を開いた。

「赤目どの、江戸にて篠山藩青山家の習わしを聞かされてこなかったようじゃな」

「と申されると」

「道場内で士分と卒分が木刀を手に相対稽古をすることはなし。赤目どのが指導をなされることにそれがし、注文をつけておるのではござらぬ。ただし、青山家伝来の習わしは重視して頂きたい、と申し上げておるのでござる」

と稲冨が言い切った。

「稲冨どの、それがしは旧藩にあるとき、下屋敷の厩番でな。士分と呼んでよいかどうか、さような身分であった。ということはそれがしが指導できるのは、わが旧身分と同様の下士だけということでござろうか」

小籐次の反問に稲冨がしばし間を置いた。返答は決まっているのだが、即答はしたくないと表情にあった。

「本来なれば、さようでござろう。されど昨日、城代家老小田切様がそなたに教授方を命じられたゆえ、われらもそなたの指導を受けんではない」

と応じた。

「城代家老様の命ゆえ嫌々受けると申されるか」

「忌憚なく申せばさよう」

「ならば聞く。稲冨どのが忠誠を尽くすべきお方はどなたかな」

「質すも愚か。われらが忠義を尽くすは藩主青山忠裕様一人にござる」

「ただ今幕府の老中をお勤めの下野守忠裕様、でござるな」

「念を押されるまでもなし」

「忠裕様の命はそなたら家臣一同絶対でござろうな」

「問うのも愚かなり」

と稲冨が言い切った。

「ならば」

と小籐次が懐から一通の書状を出した。

二

久慈屋の手代国三の頑張りは凄かった。

新兵衛長屋の小籐次の部屋を借り受けて、まず枯蔓《かれづる》、竹、紙、糊、紐などの材料を揃えた。さらには西野内村で使っていた道具を並べ、こちらも小籐次の砥石を借り受けて手入れをした。

その上で国三は、小籐次と駿太郎が研ぎ場に座って研ぎをしている姿勢を思い出し、紙にその姿を素描した。

国三は小籐次とも駿太郎とも長い付き合いだ。

素描をしなくとも頭に入っていた。だが、頭に刻まれた親子の姿勢から複雑なかたちはできるだけ削ぎ落して、絵師の喜多川歌冶に最後の仕上げを託すべきと考えて、何枚も何枚も描いた。

国三の頭を悩ましたのは小籐次と駿太郎親子の研ぎ姿を一体でなすか、二体にするかの、その点だった。一体で親子の紙人形が造れれば、それにこしたことはない。だが、等身の人形だ。一体で親子像だと大きなものになる。新兵衛長屋から持ち出し、久慈屋にまで運んでいくのも厄介だろう、と国三は思い直した。

小籐次は小籐次、駿太郎は駿太郎で人形を造ることにして竹と蔓を使い、小籐次の姿から制作に入った。

その時点ですでに二日目の昼前だった。

国三が気持ちの支えにしたのは、水戸の作事場で独りだけで竹細工を制作した経験だった。その経験がこたびの二体の人形造りに役立った。

まず小籐次の研ぎ姿を考えた。そして、次に駿太郎の姿勢を頭に思い描いたとき、人形は別々でも二人の異なった姿勢が、より親子の絆を表していようと思った。

小籐次は、洗い桶と砥石を前に刃物を研いでいく。顔も手も砥石を滑らせる刃物に集中していた。つまりは前かがみだ。

久慈屋の看板は赤目親子の研ぎ姿と同時に親子の信頼が表現されていなければならない。

国三はあれこれと考えた。そして、一つのかたちに決めた。

駿太郎が粗研ぎした刃物を師匠であり、父親の小籐次に見せる姿だ。

小籐次は、駿太郎の砥いだ刃先に指の腹を当て、虚空にかざしながら確かめている。一方、駿太郎は父の調べの結果を緊張の表情で待っている瞬間と決めた。

この瞬間にこそ、親子の関わりが現れていると国三は思ったのだ。なにより下向きの研ぎ姿より親子の表情が見る人に感じ取れる。それでこそ、

「看板」

の役目を果たすと思った。

洗い桶や砥石は本物を使えばよいのだ。二体の親子の作業中の一瞬を切り取って制作することにした。

考えが纏《まと》まれば作業の手順は体の中に刻み込まれていた。小僧時代の国三がしくじりを犯し、再修業のために西野内村の久慈屋の本家へ行った経験が生きた。西野内村では紙造りばかりか、小籐次が水戸藩のために竹細工を誂えた折に手伝い、竹細工の技も覚えた。

「よし、紙人形造りにとりかかるぞ」

との国三の声に、隣り部屋の版木職人勝五郎の、

「おい、国三さんよ、昨夜は夜通し赤目親子の人形造りを思案していたようだな。少しは体を休めたか」

と問う声が聞こえた。

「勝五郎さん、有り難う。でも、一晩や二晩の夜明かしなど、なんでもありませんよ」

「いや、そうじゃねえ。若いおまえさんは確かに夜明かしくらい平気の平左だろうよ。だがな、寝不足や飯も食わないで働くのは決していいことではないぞ。そんなことでな、小さな間違いを見逃してしまうのよ。どうだ、うちにきて飯を食

い、一刻ばかり仮眠をしてよ、気分を新たにして赤目小籐次と駿太郎親子の紙人形看板にとりかからねえか」

しばし国三が考えていると腰高障子が開き、お麻とお夕が五目ごはんと煮魚、香の物を載せた膳を運んできて、

「勝五郎さんのいうとおりよ。勢い任せに仕事をするとしくじりを犯すわ」

とお麻が言って膳を上がり框に置いた。

「おっ、お麻さん、お夕ちゃんに先を越されたか。だがな、年上の人間のいうことは素直に聞くもんだぜ、国三さんよ」

と壁の向こうから勝五郎も忠言し、

「皆さん、有り難うございます。お麻さん、お夕ちゃん、馳走になります」

と徹宵《てつしょう》した国三は心づくしの食い物を食すことにした。その上で少しばかり頭と体を休めようと思った。

「こんなときはよ、酔いどれ小籐次ならば湯に行くんだがな、湯屋に行くのが面倒ならばさ、ともかく一刻ほど横になりな。おれが間違いなく起こしてやるからな」

という勝五郎の助言を受け入れた。

国三は畳の部屋で小篠次の夜具を借りて一刻ほど熟睡した。国三が目覚めた気配に、

「井戸端でな、顔を洗ってな、すっきりさせな」

と勝五郎が命じた。

「はい、そうさせて貰います」

「国三さん、おまえさんが寝ている間に大番頭の観右衛門さんが様子を見に来たぜ。そしてな、赤目一家がこの江戸に戻るまでにはまだ二月は掛かります、一日二日で、無理をして造り上げることもありません、と言い残していったぜ」

「はい、もう大丈夫です、顔と手足を清めたら本腰を入れて作業に入ります。今晩、音がしてうるさいかもしれませんがお許し下さい」

と願った国三は新兵衛長屋の井戸端に行った。すると女衆が夕餉《ゆうげ》の仕度を始めていた。

「なんだって、久慈屋の店先に酔いどれ様と駿太郎さんの人形の看板を造るんだってね」

「丹波だかなんだか遠くに旅している酔いどれ様もさ、まさか久慈屋の店先で自分の人形が研ぎ仕事をしているとは考えもしないやね」

と女衆が言い合い、勝五郎の女房のおきみが、

「人形じゃ研ぎ代も稼げないけどね」

と言った。

「おきみ、国三さんの人形のでき次第でよ、ひょっとしたらひょっとするぜ」

「なんだい、ひょっとしたらひょっとするって、おまえさん」

「赤目小籐次のことだ、酔いどれの人形が動き出すかもしれないぜ」

と勝五郎たちが勝手なことを言い合う傍らで顔と手足を洗った国三が、

「一日二日、うるさいかもしれませんがお許し下さい」

と言い残して小籐次の長屋の部屋に籠り、作業を始めた様子があった。すると
その問答を柿の木の下で聞いていた新兵衛が、

「手代がわしの人形を作ってどうしようというのだ」

と言い出した。

このところ本物の小籐次が姿を見せないものだから元気をなくしていた新兵衛が、突然自分が赤目小籐次だということを思い出したらしい。

「新兵衛さん、だれかさんがね、おまえさんの人形を作って久慈屋の看板にするよ」

とおきみが思わず言ってしまった。

「これ、おきみ、そのほう、それがし赤目小籐次をなんと呼んだな。看板にするだと、虚仮《こけ》にするような雑言を吐きおったな。傍らの次直《つぐなお》は飾りではないぞ、下賤な女とて許さぬ」

と木製の次直を引き寄せた。

「わあっ、新兵衛さんが赤目小籐次なりきりを思い出したよ」

おきみが井戸端から部屋に逃げ戻った。


二日後の昼前のことだ。

小籐次の部屋の腰高障子が開いて国三が姿を見せた。

「おお、出来たか」

厠《かわや》から戻ってきた勝五郎が尋ね、

「できました」

と疲れた声で返事をした国三だが、満足げであった。

「見ていいか」

国三が頷き、勝五郎が小籐次の仕事場を覗いて、

「おおー、こいつはすげえや」

と叫んだ。そんなわけで長屋じゅうの住人が集まってきた。

小籐次と駿太郎の二体の人形は、見事に赤目親子の研ぎ仕事の一瞬をとらえていた。

長屋じゅうの住人の他に声を聞き付けた差配のお麻、桂三郎夫婦にお夕までが姿を見せて、

「国三さんならではの竹細工です。見事な出来栄えです」

錺《かざり》職人の桂三郎が褒めた。

「手代さんよ、この小籐次は本物より大きくないか」

勝五郎が言い出し、

「はい。少しばかり大きく造りました。看板としてはそのほうが見場も宜しいかと思いました」

「そいつは分かった。だけどよ、これだけのもの、芝口橋の久慈屋までどうやって運ぶよ」

と問いを重ねた。

「荷運び頭の喜多造さんに願って荷船を長屋の堀留につけてもらいます。これか

ら私がお願いに参ります」

「私が参ります。国三さんが精魂こめた紙人形です、国三さんは人形のそばにいて下さい。お父つぁん、いいでしょ」

とお夕が父親であり、師匠でもある桂三郎の許しを得て、長屋を飛び出していった。

しばらくすると喜多造が操る荷船がお夕を乗せて新兵衛長屋の裏庭に接した堀留に姿を見せた。

「手代さん、よう頑張ったな」

と喜多造が国三の頑張りを褒め、

「どれ、見せてもらおうか」

と荷船から長屋の石垣を上がって、腰高障子が外された小籐次の部屋の板の間を覗き、
うう－ん
と唸った。

「こりゃ、どえらい看板になりそうだ」

と喜多造も感心した。

「手代さんよ、お夕ちゃんの知らせを聞いてな、大番頭さんが絵師の喜多川歌冶さんをよ、迎えに行っていらあ。おめえさんの造った人形二体をそっと船に積み込もうか」

喜多造と国三がまず小籐次の人形を両手に抱えて腰を落として長屋の敷居を跨《また》ぎ、庭を突っ切っていった。すると新兵衛が、

「そなたら、赤目小籐次の許しも得んとそれがしの人形をどうする気じゃ」

と問い質したが二人してそれどころではない。

新兵衛が古莫蓙《ござ》に立ち上がり、

「これ、娘」

と孫のお夕に声をかけた。

「なに、爺ちゃん」

「あの者ども、わしの人形をどうするつもりか」

「あれは爺ちゃんの人形ではないの。赤目小籐次様と駿太郎さんの人形を久慈屋さんの店先に飾るのよ、看板代わりにね」

「なに、天下の武芸者赤目小籐次を見世物にしようというのか」

「爺ちゃん、あとできっちりと説明するね。ちょっと待って」

新兵衛とお夕が問答する間に小籐次人形が荷船に乗せられ、こんどは駿太郎人形の番になった。

親子人形が荷船に納まると、

「頭、私は赤目様の仕事場の掃除をして参ります。宜しゅうございますか」

「おお、そうしねえ。いくら親しい間柄とはいえ許しなく部屋を使わせてもらったんだからな。しっかり掃除をしてこいよ」

と喜多造が二体の紙人形を乗せて堀留から御堀へと向いながら応じた。そして、

「国三が器用とは聞いていたが、なんと赤目小籐次様ばりの紙人形を三晩で仕上げやがったぜ。この紙人形の師匠もやっぱり赤目小籐次様かねえ」

と独り言《ご》ちた。

小籐次の仕事場の掃除を長屋の女たちが手伝い、元どおりに綺麗にした。

「国三さんよ、本物の赤目小籐次一家は丹波篠山とやらに着いたのかね」

と勝五郎が聞いた。

「芝口橋を発って一月以上が過ぎております。旦那様も大番頭さんもいくらなんでももはや篠山城下に到着しておられると推量しておられます。篠山藩の参勤行

列は篠山と江戸の間を片道十五日だそうです。おりょう様の歩みを考えに入れても何日も前に篠山入りしていると思います」

「ふーん、なんにしても遠い地まで行きやがったな。駿太郎さんは、実のおっ母さんが恋しいのかね」

勝五郎は小籐次らの篠山行が駿太郎の実母の墓参と承知していた。

「いえ、そういうことではないと思います。駿太郎さんの両親は間違いなく赤目小籐次様とおりょう様です。駿太郎さんはそのようなことは分かった上で、産みの母御の墓参りをしたいのではありませんか」

とだけ国三が勝五郎に告げた。

国三は、赤子の駿太郎が実の祖父小出貞房に殺されようとした現場にいて母親お英の行動を承知していた。

小出お英は、孫を殺そうとする父の刃先に身を投げて駿太郎と国三の命を救ったのだ。お英は自らの命を捨てて、駿太郎の生母であることを示したのだ。物心もついていなかった駿太郎だが、養父の小籐次からこの話は聞かされていると、国三は信じていた。

ゆえにこたびの篠山行は駿太郎にとって、いや、赤目小籐次とおりょうにとって、血の繋がり以上の絆を示す墓参であった。

「まあ、そのことはいいとして酔いどれ小籐次がいないとさ、仕事が空蔵から来ないんだよ。手代さん、なんとかしてくれないか」

「勝五郎さん、こればかりは赤目小籐次様の江戸戻りを待つしか手はございませんよ」

と国三が改めて小籐次の仕事場が片付いたのを見届け、新兵衛長屋から芝口橋の久慈屋に戻った。

すると、喜多川派の絵師、喜多川歌冶が久慈屋の広い板の間の一角に置かれた小籐次の紙人形に、一筆を入れようとしたところだった。

「おお、戻って来ましたか。三晩も夜通し人形造りに励んでいたそうですね。湯屋に行ってさっぱりとしてきなさい」

と観右衛門が国三に言った。

「大番頭さん、できましたら歌冶師匠の仕事を見せてもらいとうございます」

と国三が願った。

「歌冶さんや、この紙人形を造った手代の国三がこう願っておりますが、いかがですな」

「おや、この二体の人形の産みの親が見物したいと言われるか。むろんこの酔いどれ様親子の人形を最後の一筆まで見届けたいであろう。ほれ、この傍らに来てな、わしの筆遣いが違うならば違うというて下されよ。なんといっても久慈屋の奉公人の中で、手代の国三さんほど赤目小籐次様を知る人間はおるまいからな」

と自らの傍らに手招いた。

「国三さん、この紙人形二体を三晩で仕上げたそうな、さようか」

「はい。私の竹細工の師匠は赤目様ですが、私のは素人芸です。赤目様と駿太郎さんの動きが頭に刻み込まれていて、一気に仕上げました」

「ほうほう、この紙人形には国三さんの勢いが乗り移っておる。今にも動き出しそうでな、本物の赤目様親子が仕事をしているようじゃ」

と褒めた喜多川歌冶が、

「わしもな、赤目小籐次様の来島水軍流と国三さんの一気流を見倣ってな、仕上げてみよう」

と言い添えた。

改めて筆先に岩絵の具をたっぷりつけた歌冶は、しばし呼吸を鎮めると、一気に筆を動かし始めた。

二体の紙人形に喜多川歌冶が魂を入れ終わったのは、未明の八つ（午前二時）時分だった。

表戸が閉じられた久慈屋の板の間に隠居の五十六を始め、当代の昌右衛門から大番頭の観右衛門ら奉公人が集まってその瞬間に立ち会った。

歌冶の筆が止まり、
ふうっ
と吐息が洩れた。

「おお、酔いどれ小籐次様と駿太郎さんの二人が研ぎ仕事をしてござるわ」

と五十六が感嘆の声を上げた。

「ご隠居、店先に飾られたこの赤目小籐次、駿太郎人形を往来の人たちがどう受け止めてくれるか、楽しみです」

「大番頭さん、私にはその光景が今から浮かんでおりますぞ」

「人気を呼びましょうな」

「そんなものではございません」

と五十六が言い、続けて、

「歌冶師匠、最後に願いがございます」

「なんですな、隠居」

「人形の背にな、絵師喜多川歌冶、人形手代国三と名を入れてくれませんかな」

「お安い御用です。のう、人形師の国三さんや」

歌冶の絵の制作過程に眼を凝らして見続けてきた国三が、座り込んだまま眠り、夢の世界にいた。五十六が、

「ふっふっふふ、三日三晩の夜なべ仕事の後、四晩目はいささかきつうございましたかな。だれか国三を部屋に連れていき、寝せなされ」

と命じた。

歌冶が二体の人形に署名を入れた。

「歌冶師匠、そなたは生涯画紙の心配はございませんぞ、本日の画料は大番頭さんが心得ておりますでな」

と五十六が満足げに言った。

三

一行はすでに篠山城下を抜けて城下外れの長閑な畑作地にさしかかっていた。

秋が深まり、田圃では稲刈りが始まっていた。道筋には柿の実がたわわに実り、山々には紅葉が厳しい冬を前にして華やかな彩りを見せていた。

お鈴はおりょうと駿太郎を相手にあれこれと道中の郷や篠山川に流れこむ支流について説明しているらしく、小籐次と喜多谷六兵衛からだいぶ後ろを歩いていた。そのことを確かめた喜多谷が、

「あのとき、稲冨五郎佐様の顔が引き攣《つ》っておりましたな」

と思い出したか、笑った。

十日前、初の道場稽古の折のことだ。

「あの話か。わしはな、殿の御書状だけはあのような形で使いたくなかったのだがな」

小籐次の返答には未だ苦々しさが感じられた。

しばし沈黙していた喜多谷が、

「江戸におられる殿のご懸念をわれらは甘く考えておりました。まさか赤目様にさようなことまでお話しになり願われていたとは、篠山を守るわれらはだれ一人として夢想もしていませんでした。臣下として恥ずかしいかぎりでございます。それにしても殿が赤目小籐次様に寄せる信頼は、われら家臣を束にしても敵いま

せん。情けのうございます」

喜多谷の口調は、最前の笑みとは異なり、険しかった。

「殿の御文を披露する羽目になったが、家臣団の考えに少しは変化があったろうか」

「赤目様、あの折はわれら、驚愕するばかりでなにも考えられませんでした。まさか赤目様が殿の上意を受けた使者とは、夢想もしていませんでした」

喜多谷は、あの折の茫然自失した剣道場の一同の凍り付いたような空気を思い出した。

小籐次は、万が一の場合に備えて忠裕が、

「使わねばならぬ折には遠慮のう使え」

と直に渡してくれた書状を油紙で丁寧に包んで持参していた。その油紙を家臣団の視線を浴びながら披《ひら》いた。そして、ゆったりとした動作で、

「稲冨五郎佐どの、藩主青山忠裕様が赤目小籐次に授けられた書状である」

と言った小籐次は書状の表を一同に示した。そこには、

「上意

篠山藩臣下一同へ」

の文字が青山忠裕の筆跡で墨痕鮮やかに認められていた。

その言葉を読んだ稽古着姿の家臣団の多くと駿太郎が、反射的にその場に膝を屈して座した。だが、稲冨ら上士はそのことが信じられないらしく、茫然としながらも突っ立っていた。

「稲冨五郎佐どの、そなたが最前、ただ一人忠誠を尽くすお方と、御名前を口にされた藩主の筆跡がお分かりにならないか」

小籐次は書状の裏を返すと、

「篠山藩藩主青山下野守忠裕」

と官名まで記した藩主の署名を一同に見せた。

「ははあー」

ようやく事の次第を飲み込んだ稲冨ら重臣がその場に座した。

江戸から篠山に墓参に訪れたと称していた赤目小籐次が、なんと藩主の上意状を携えた使者であったとは、重臣らの驚きは隠せなかった。

小籐次は上意と書かれた書状を披くと朗々とした声で読み上げた。

「上意

丹波篠山藩のわが家臣一同に申しつくるものなり。赤目小籐次は、予青山忠裕の意を受けたものと心得よ」

小籐次は自らも初めて読む書状に忠裕がこれほどのことを認めていたとは信じられなかった。だが、素知らぬ顔で先を読んだ。

「昨今、徳川幕府を巡る内外の情勢は筆舌に尽くしがたいほどに緊迫しておることをまず、家臣一同心得よ。異国の帆船が和国の海を回遊し、武力を誇示しつつ開国を迫り、通商を求めたり。

一方、わが徳川幕府は神君家康公以来、他国との交易交流を長崎のみに限り、細々とした交易を二百年余も続けきたり。その結果、彼我の力の差は歴然たり。

徳川幕府に仕える幕閣のわれらは大名諸家に海防策を幾たびか命じたり。なれど薩摩藩など雄藩は別にして、海に面した諸藩の大半は、一門の大筒さえ用意できず、大筒に見せかけた木製の砲身を海辺に設置しておるのが実態なり。

翻ってわが篠山藩は外海から離れ、山に囲まれた地にあるがゆえに緊迫した内外の情勢に疎いと、国許篠山からの日頃の報告を通じて予は懸念しおり。故に予は信頼をおく赤目小籐次が篠山領内のさる者の墓参を望みしことに利してかく上意状を授けたり。

改めて命ずる。

赤目小籐次の言葉は予の命と心得よ。

城代家老小田切越中以下家臣は、赤目小籐次の言葉に忠実に従え。篠山藩五万石が生き延び、幕府に尽くす唯一の途《みち》なりと予が熟慮した結果なり。

予が赤目小籐次に求めたるは次の一条なり。

時世を見極めた上で、今後篠山藩の先々に想いを致すこと。そのために赤目小籐次を予の代理として篠山に遣わす。ちなみにこの赤目小籐次一家の篠山訪問、徳川家斉《いえなり》様はとくとご承知なり。


丹波篠山藩主青山忠裕」


小籐次の声が消えても剣道場は凍てついて、だれも言葉を発する者がいなかった。それはそうであろう。

一介の浪人者赤目小籐次は藩主の代理であるばかりか、上様も承知の篠山訪《おとな》いというのだ。どう小籐次を扱えばよいか、だれもが想像もできなかった。

小籐次はしばし青山忠裕の上意状を家臣一同に広げて捧げ見せた。そして、そのあと、ゆっくりと書状を畳みながら、忠裕の願いにどう応えられるか考えた。

書状を畳み終えた小籐次が改めて家臣一同を見た。遅れてきた家臣らが、

「なにが起こったのか」

という顔で小籐次や同輩を見た。だが、だれもなにも答えない。

「ご一同、われら赤目一家三人が篠山入りした折の、西京街道の福住宿での水無月祭の曳山での出迎え、江戸から訪れた旅人には勿体なくも丁重なる心づくしであった。改めてこの場を借りて感謝申し上げたい。

それがし赤目小籐次は出自を問えば、さる西国の小名の江戸下屋敷の厩番にござった。さような名もなきそれがしが篠山藩主にして老中青山下野守忠裕様にかくも信任を得たる仕儀をなしたかどうか、当人には覚えがござらぬ。

赤目小籐次はいかなる藩の政《まつりごと》にも関わる気持ちはござらぬ。この篠山にても同じこと。この爺侍ができることは、田舎剣法の来島水軍流を伝えることのみでござる」

と小籐次は言葉を切って間を置いた。

「一方老中として青山忠裕様のご懸念は、篠山藩の今後のみならず徳川幕府の向後の事であることは言うに及ばず、殿の上意の言葉に明らかなり。となれば殿は、この爺侍になにを求められたのか」

だれもが小籐次の言葉に聞き入っていた。なにしろ藩主自らが、

「予の代理」

と明言した赤目小籐次の言葉だ。その上、藩主は将軍徳川家斉までもが小籐次の篠山行を承知していると付言していた。このことをどう考えればよいのか、だれもが小籐次の話に耳を傾けざるを得なかった。

「話を変えてみようか。徳川幕府開闢《かいびゃく》より二百有余年、武家方が主導してきた幕府は、大きな変化を求められておる。そのことはこの爺侍が申さずとも、老中青山忠裕様がようご存じじゃ。その青山様がお気にかけておられるのは、幕府最高の臣老中として、篠山藩主として、どう幕府を変革させるかの一条でござろう。その覚悟を問う手伝いをせよと、この赤目小籐次に命じられたと解釈し申した。よいかご一同、異国の武力は今や大筒、鉄砲の時代である。一隻の帆船に百門近い大筒を載せておる砲艦もあるやに聞く。さような時世に剣術の稽古をして、なんの役に立つや、と疑いをもたれるお方もおられよう。

剣は、武器にあって武器に非ず。長年練磨し鍛錬した剣術は、武士の志でござろう。どのような戦いにあっても剣術の鍛錬が意味なきことはない。腰の刀はその気概を、覚悟を示しておるのだ。ゆえに殿はこの爺に、篠山の剣術を見てくれ

ぬかと、申されたのだ。お分かりか、ご一同」

小篠次の言葉にその場にある大半の家臣が、

「分かり申す」

と答えた。だが、重臣の稲冨五郎佐らは無言だった。

「稲冨どの、江戸にありて篠山を思う殿のお気持ちがお分かりにならぬか。今やこれまで連綿と伝えられてきた習わしや仕来りを捨てて、篠山藩を守る家臣一同が心を一つにして文武に励むことこそ、江戸の殿を、幕府の老中を支えることと思われぬか」

「赤目どの、もはや上士や下士など身分を忘れよと申されるか」

「戦場にありて、重臣とて足軽の竹槍で刺されて斃《たお》れることもある。日頃から上士下士の区別なく稽古をし合うことは篠山藩士総体の力を引き上げることにつながり申す。いったん道場を出れば、下士は上士を敬い、上士は下士の力を借り受けることに異論のあろうはずはござらぬ」

小篠次が切々と説く話を聞きながら思案していた稲冨五郎佐が、

「相分かり申した」

と答えた。

「それがしの申すことを受け入れて頂き、深謝致す。それがしが篠山に滞在する間、赤目小籐次流の稽古を飲み込んで頂く。それでよいかな、稲冨どの」

「赤目どの、どのような稽古を致さばよいか」

稲冨五郎佐が小籐次に問うたとき、篠山藩三の丸の剣道場にはおよそ百人の家臣が集まっていた。

「駿太郎、父の手伝いをせよ」

駿太郎に声をかけた小籐次は、自らのために三本の竹刀を用意させた。

「剣術指南依田どの、勝手ながらただ今より組分けをしとうござるがよろしいか」

と小籐次が依田軍之助に許しを乞うた。

「赤目様、そなたは殿から全てを任されたお方でござる。どうか、今後は依田軍之助と呼び捨てにして下され、お願い申す」

依田は、忠裕の上意状と小籐次の話で、赤目小籐次の立場を理解した。ゆえに家臣らの前でそう言った。

「ならば、依田指南と呼ばせてもらおう」

と応じた小籐次が、

「剣術の技量、体力に合わせて三組に分けたい。甲の組、乙の組、丙の組の三組と致そうか」

「赤目様、どう致さば三の組に分けられますな」

「依田指南、順不同でよい、それがしに打ち掛かってこさせよ。得物は竹刀にても木刀にてもどちらでもよい。しばらく打ち合い致さば、およその力はこの爺にも知れよう」

と小籐次が言うと、

「赤目様、お一人で家臣百余名の相手をなされますか」

「いかぬか」

しばし沈黙した依田指南が、

「途方もない企てにございます」

と洩らした。

「依田指南、すまぬがそれがしが組分けした者の名を書き分けてくれぬか」

依田指南がその仕度を終えて、

「一番手、徒士組近藤次郎吉」

と名を呼んだ。

一番手に名指しされた近藤は下士の中でも抜群の技量と体力を誇る者だった。

「父上」

駿太郎が一本目の竹刀を渡した。

「近藤次郎吉、お願い致します」

大声を上げて若い藩士が小籐次の前に立った。

最前、小籐次の話を聞き、今後道場で上士とも稽古ができるとあって張り切っていた。

「近藤どのか、好きなように打ち込んで参れ。遠慮は無用、さような気配が少しでも見えたならば打ち据える」

「はっ」

と畏まった近藤が正面から不動の小籐次に打ち掛かっていった。

だが、数合打ち合ううちに、小籐次の竹刀が打ち込んでくる近藤の竹刀を弾いた瞬間、びしりと胴を叩いて床に転がした。

「近藤次郎吉、乙の組」

一番手がほんの数瞬の打ち合いで終わった。

依田指南には全く想像もできない小籐次の立ち合いであった。

次から次へと小籐次に挑みかかる藩士らをほんの一瞬の打ち合いで、機敏にも判断した。むろん藩士の中には剣術の経験豊かな者もいた。だが、矮軀《わいく》にして年寄りの小籐次が不動の構えで待つところに打ち込んでいったが、その体に竹刀や木刀が触れた者はいなかった。

何十番目か、稲冨五郎佐の姿を見て駿太郎は新たな竹刀を小籐次に差し出した。一本目の竹刀は木刀を弾いてささくれ立っていたからだ。

「稲冨どの、存分に打ち込んでこられよ」

はっ、と小声で返事をした稲冨は、不動の小籐次を動かそうと正眼に構えた木刀の先を鶺鴒《せきれい》の尾のように小刻みに振りながら踏み込むと見せかけ、後ろに飛び下がり、そのような動きを繰り返したが、小籐次は端然として誘い出される気配もない。しびれを切らした稲冨が不意に動きを変えて小手から胴へと得意の連続技で小籐次に攻めかかった。

次の瞬間、稲冨は面に小籐次の竹刀を受けて道場の床に尻餅をついて意識が途切れそうになった。稲冨は必死で顔を横に振り、正気に戻そうとした。

「乙の組」

小籐次の声が稲冨に追い打ちをかけた。まさか乙組とは、信じられなかった。

だが、たった一撃、それもそよりとした面打ちを受けて、立ち上がれなかった。

七十番目を超えても甲の組に選ばれたのは五人しかいなかった。

八十番台に入っても小籐次の竹刀さばきは軽やかなもので、いつの間に見物にきたか城代家老の小田切越中が、傍らで組分けの帳付けをする祐筆の村武正庵に話しかけた。

「甲組は何人になったな」

「五人、いえ、六人にございます」

「たったの六人か」

「乙の組が二十七人、残りは丙にございます」

なんと、と嘆きの言葉を発した小田切は、

「赤目小籐次は齢《よわい》五十を超えた年寄りであろうが。一人として赤目の体に竹刀が当たった者はいないか」

「かすりもしません。ご家老、天下を騒がせた『御鑓拝借』の兵は、やはりただ者ではございませんでしたな」

「修羅場を潜り抜けた者と畳水練の稽古しかせぬ者の違いかのう」

と応じながら、赤目小籐次が青山忠裕の上意状を披露した話を聞いて剣道場に

駆け付けた小田切は、小籐次を信頼する忠裕の気持ちを理解するとともに、

（家臣に信頼できるものが一人もいないとは、嘆かわしいものよ）

と考えつつも、

（殿の江戸定府の二十年余に篠山藩は井の中の蛙になりさがっておったか）

と慄然とさせられた。

百人目を超えたところで一度手合わせしたことのある喜多谷六兵衛が竹刀を手に小籐次の前に姿を見せて、

「ご判断お願い申します」

と願った。

喜多谷には、赤目小籐次は天下の武名以上の存在、雲の上の武人であった。すでに昨日の手合わせに際して、小籐次は三分の力も出していないと悟っていた。故に教えを乞うつもりで正面から打ち掛かっていった。持てる力を出し切って必死の形相で攻めた。だが、全く歯が立たないことを悟らされただけだった。それでも一本でも多く打ち込みたいと願って攻めた。

「おお、二度目ゆえ喜多谷もなかなかやりおるではないか」

と小田切が洩らしたとき、喜多谷の体が棒立ちになり、次の瞬間、床に倒れ込

んでいた。

「甲の組」

の声を霞む意識の中で喜多谷は聞いた。


「赤目様、十日が過ぎましたが胴の決まった竹刀の痛みが消えません」

と案内方を勤める喜多谷六兵衛が小籐次にぼやいた。

「この十日、互いによう働いたでな、痛みが消えぬのも無理はなかろう。そのお蔭で三組の稽古がなんとかできるようになったわ」

と小籐次が答えたとき、小さな切通しを越えた向こうの刈り終えた田圃の先に寺の山門が見えた。

「父上、あちらに見えるのは、母上が眠る少音寺でございましょうか」

と上気を抑え込んだ駿太郎の声が小籐次らの耳に届いた。

四

浄土宗高仙山少音寺は、標高二千二百六十七尺（六百八十七メートル）の松尾山の東の山麓にひっそりとあった。

寺の前には藁葺き屋根の数軒の百姓家があり、稲刈りを終えた田圃に稲穂が干されてみえた。そして、山門の前には幅四、五間の清水が流れる川があり、橋が架かっていた。

この少音寺は篠山藩の重臣筋目の小出家に奉公していた乳母のお咲に関わりのある寺とか。

十数年前、小出家では美貌の娘お英を藩主青山忠裕の側室にとあれこれ画策をしていた。青山家の遠戚にあたる譜代の小出家は、数代前の主が藩政に関して大きな失態をして以来、重職を外されて不遇を託《かこ》っていた。そこでなんとかお英を藩主の側室にして表舞台への返り咲きをと考えたのだ。

しかしお英と馬廻役須藤平八郎が偶然の出会いから相思相愛になり、お英が懐妊した。それを知ったお英の父、小出貞房は激怒し、密かにお英に子を産ませたあと、お英を未だ独り身と装って側室に上げることになお拘った。となると須藤平八郎と生まれた子が障害になる。そこで小出家では須藤と赤子の暗殺を謀《はか》った。

そのことを察知した須藤平八郎は迅速に行動した。お英の産んだ赤子駿太郎を連れて篠山藩を脱藩し、江戸へと出て父子で暮らすことを企てた。

その経緯はもはや詳しく述べまい。

須藤平八郎と小籐次の剣術家としての尋常勝負に際して、須藤は小籐次の人柄を察したか、己が負けた場合は、赤目小籐次に駿太郎を育ててほしいと願ったのだ。小籐次が勝ちを得たために乳飲み子の駿太郎を小籐次が育てることになった。

それでも駿太郎の祖父小出貞房は、小籐次の手にあった駿太郎を江戸にて亡きものにしようとした。その折、駿太郎の母親のお英は父の刃の前に身を投げて駿太郎を助けた。小出家の企てはすべて画餅《がべい》に帰した。そればかりか小出家は家禄を大幅に減じられ、貞房は永蟄居を命じられた。

お英の乳母だったお咲は、お英の死を哀れに想い、篠山領の実家の菩提寺少音寺に密かにお英の遺髪を埋葬し、

「お英の墓」

と刻まれた墓石を設けたのだ。かようなことを調べ上げたのは、青山忠裕の密偵おしんと中田新八だった。

駿太郎は、実母お英の質素な墓の前に黙然と立っていた。駿太郎の気持ちは複雑だった。

（私には二人の父と母がいる）

その事実を素直に受け止めようと、駿太郎は己に改めて言い聞かせた。

小籐次とおりょう、駿太郎、それにお鈴の手によって小さな墓は清められ、篠山城下から用意してきた白菊が供えられた。そこへ喜多谷六兵衛が少音寺の住職小池清法を伴ってきた。

「江戸からお英様の墓参に参られましたか」

事情を知らされていない住職は、だれとはなしに尋ねた。

喜多谷六兵衛はお英の墓の前で読経を願うにあたり、江戸から墓参にきた一家がいるとだけ伝えたようだ。

「いかにもさよう。われらいささかこのお墓に眠る女性《にょしょう》と縁がございましてな」

「江戸からな、なんとも奇特なことで」

と応じた清法は、線香を手向けられた墓に向い、頭を垂れて読経を始めた。

小籐次一家三人は、それぞれの胸に小出お英への思いを抱き、山寺の少音寺の墓所で瞑目し合掌しながら、清法の読経を聞いた。

喜多谷六兵衛とお鈴も手を合わせたのは、当然のことながら小籐次一家三人に付き合ってのことだ。およその事情を承知の喜多谷と、知り合いとしか思っていないお鈴では胸に抱く想いは異なった。

読経を終えた清法が、

「遠方からお見えになった方々に茶を差し上げたいがいかがかな」

と言った。

小籐次は、

「馳走になろう」

と答えていた。

小籐次は、小池清法がどれほど墓に眠る小出お英のことを承知か知っておきたいと思ったのだ。

庫裡《くり》に移動した一同に清法自らが煎茶を淹れて供してくれた。

「住職どの、江戸から来た甲斐がござった。長年の胸の閊《つか》えが減じ申した」

小籐次が当たり障りのないことを述べた。

「お英様とは江戸で知り合われたのかな」

「まあ、そのような縁でな。お英様の乳母を勤めたお方の菩提寺と聞かされておるがさようか」

「お咲さんの実家がこの寺の近くゆえな」

「お咲さんはどうしておられようか」

「およそ一年前に身罷《みまか》られましたぞ。仔細あってこの寺には埋葬されておりませんでな」

と清法が告げた。

「さようか、乳母のお咲さんは亡くなられたか」

小籐次らの顔にがっかりした表情が過《よぎ》ったのを見た清法が、

「お手前方、なんぞ曰くがありそうじゃな。お咲さんの晩年、付き合いのあった従妹のうねさんが時折この寺にお英様の墓参りに見えられますよ」

と言った。

「なに、お咲さんの従妹がこの近くにおられますかな」

「いや、篠山藩の隣藩柏原《かいばら》藩のとある旧家に後妻に入られて幸せに暮らしておられますでな。このうねさんならば、お咲さんのことはもとより、確かお英様の若き日のことをお咲さんから聞いて承知じゃと聞いておりますぞ」

(おお、江戸から参ったことが無駄ではなかったか。篠山に来た甲斐があったな)

と小籐次は思い直し、質した。

「御坊、ほかにどなたかお英様の墓参りに来ますかな」

「いえね、お咲さんが身罷って以来、最前もいうたが、幾たびかうねさんが墓参りに参られたばかりで、その他にはおられませんな。いや、そなた様方が来られましたな」

清法の口調になぜそこまで拘るかという訝しさがあった。

小出家ではお咲が設けたお英の墓の存在を知らないか、はたまた父親の念願を裏切った娘を無視しているのであろうかと小籐次は考えた。

「御坊、われら江戸に住んでおるで、そう簡単に墓参りには来られぬ。ここに五両ほど用意して参った。時折線香を手向け読経をなして回向をしてくれぬか」

「五両じゃと」

清法は小籐次が五両の包みを差し出すと驚きの顔で、小籐次と包みを交互に見た。

「ちと聞いてよいか。この地では五両などというと永代供養にしても法外の額じゃ。そなた方と小出お英様はそれほど昵懇であったか」

清法の問いに小籐次は、

「御坊、そなた、生前のお英様を承知であったか」

と問い返した。

「幼い折、お咲さんがな、幾たびか寺に連れてきたことがあったでな、愛らしい顔はよう覚えておる」

「この寺に小出家の家族が墓参に見えたことはないのじゃな」

と小籐次が念を押し、

「ないな」

と清法が言い切った。

小籐次は清法の言葉を信じてよかろうと思った。

「御坊、そなたの最前の問いに答えておらぬな。ここにおるはわが倅の駿太郎じゃが、実の母親はお英様じゃ」

小籐次の言葉に清法とお鈴の顔に驚きが走った。

しばし場に沈黙があった。

「お咲さんがお英様の墓を設けるに際して事情は一切述べなかった。じゃがな、田舎ゆえに噂はあれこれと流れておった。そうか、駿太郎さんといわれるか、そなた、実の父親と母親がたれか承知なのじゃな」

「はい。その上でこの地に母の墓参りに参りました。私には両親が二人ずつおります」

駿太郎が言った。

「そうか、それを承知で篠山まで江戸から見えたか」

「和尚様、江戸にも実の父と母のお墓がございます。父の赤目小籐次と母のりょうがわが実父と実母のために墓を建ててくれました。私がなしたことは一つだけです。石屋の親方に教えてもらい、母が書いてくれた『縁』という一文字を刻んだことです」

「なんとのう、小出お英様には江戸にも墓所があるか。そなたの実父は須藤平八郎といわぬか。十数年前、この界隈で流れた噂の名じゃがのう」

と住職がだれにとはなく洩らした。

駿太郎が大きく首肯した。すると清法が、

「そなたの顔を見ておるとお英様の面影が窺えんこともない。ともあれそなたは、よき養父養母に恵まれなされたな」

「和尚様、駿太郎もそう思います」

「素直な若武者じゃな。余計なことじゃが、養父養母様のお二人を大事になされ」

「はい、和尚様の言葉は生涯忘れません」

駿太郎が言い切った。すると清法が、

「安心なされ、お英様の墓守はこの清法が務めさせてもらいますでな」

小籐次に向って請け合った。

「有り難い。これで篠山に来た甲斐があったというものじゃ」

小籐次が言い、少音寺を辞去することにした。

山寺の山門を下りかけたとき、長閑な村郷のどこからか監視する、

「眼」

を小籐次は感じた。喜多谷六兵衛も駿太郎も未だ気付いている風はなかった。

小籐次らの篠山訪問を気にする者がいるとしたら、まず小出家の面々であろう。

「さてどうしたものか」

と小籐次がこれからの行動をだれとはなしに尋ねた。

「駿太郎さんの実の親御様が篠山藩のご家来だっただなんて、驚きました」

全くといっていいほど事情を知らなかったお鈴が驚きの言葉を駿太郎に告げた。

「実の父と母が亡くなったのは私が生まれた直後です。ですから、私は赤目小籐次が父親とばかり思って育ってきました。今日の墓参りを終えて、実の母親お英様に『駿太郎には、勿体ないほどの父と母がおりますからご安心を』と伝えまし

た」

「駿太郎さんはえらいわね。私だったらそんな気持ちになるかな」

とお鈴が首を捻り、

「喜多谷様、私どもはすぐに篠山城下に戻らねばなりませんか」

と尋ねた。

「どこか赤目様方に案内したきところがあるか」

「はい。これから柏原におられるお咲さんの従妹のうねさんに会いにいくのはいかがでしょう」

「お鈴、それがしではのうて、赤目様ご一家に尋ねるべきであろうな」

と喜多谷六兵衛が返答して小籐次らを見た。

「赤目様、駿太郎さん、お咲さんの晩年付き合いのあったといううねさんが柏原藩に暮らしておられるのです。お会いになりたくはございませんか」

とお鈴が駿太郎の顔を見て、さらに小籐次とおりょうに視線を移した。

「お鈴はそなたの気持ちを聞いておるのだぞ」

と小籐次が駿太郎に言って、

「おりょう、そなたはどう思うな」

「柏原城下はこの矢代から遠うございますか、喜多谷様」

「片道四里とはございますまい」

「日帰りはできませんね」

「参るとしたら柏原泊まりになろうかと思います。と申すのも藩境に鐘ヶ坂峠なる険阻な山道が控えております」

「山道はよいとして、わが亭主どのの剣術指南はお休みしても構いませんので」

「赤目様はこの十日、きっちりと稽古の仕方をわれらに叩き込まれました。二、三日、赤目様が篠山を留守にされたとて支障はありますまい。どうでございますか、赤目様」

と喜多谷が小籐次に問い返した。

「二、三日の留守で気が緩むようなれば、わが指導方法が間違っていたということになる。柏原から戻って改めて気を引き締め直すだけじゃ」

と小籐次が答えると、

「わが君、りょうは柏原を訪ねとうございます」

とおりょうが言った。

「おりょう様、篠山に飽きましたか」

お鈴が案じ顔で尋ねた。

「いえ、お鈴さん、駿太郎がうねさんにお会いしたいこととは別のわけをりょうは持っておりますので」

とおりょうが答えた。

「おお、そなた、なんぞ内緒ごとがあると天引峠で洩らしておったな。その内緒ごとの相手が柏原におるか」

「はい。正しく申せばすでに元禄の御世にお亡くなりになられた俳人にして歌人の生地が、柏原と記憶しております」

「ああ、田《でん》ステ女《じょ》様ですね」

お鈴が叫んだ。

「お鈴さん、承知でしたか」

「はい。ステ女様が六歳で詠まれた『雪の朝二の字二の字の下駄のあと』はお城奉公した折に最初に教えられました」

おりょうがお鈴の言葉に嬉しそうに微笑んで、

「亭主どの、元禄の御世に四俳女と称される方々がおられます。智月尼《ちげつに》様、園女《そのめ》様、秋色女《しゅうしきじょ》様にステ女様です。そのステ女様の生地が柏原なのです。その上、お咲さんの従妹のうねさんが柏原に居られるのです。四里ならば夕暮れ前に着きましょう」

と言った。

「喜多谷どの、柏原はどなた様の御城下であったかのう」

「柏原藩は織田信長様の実弟で、伊勢国安濃津《あのつ》城主の信包《のぶかね》様が初代藩主として転封されてきましたが、三代で途絶え、いったんは天領になりました。その後、元禄八年(一六九五)四月に信長様の次男信雄《のぶかつ》様の血脈織田信休《のぶやす》様が二万石を安堵されて再興なった外様大名でございます。当代は織田信憑《のぶより》様でございまして、わが篠山藩とは親交あつき間柄でございますので、わが篠山の客分の赤目小籐次様ご家族がお訪ねになって面倒が生じるとは思いません」

譜代にして老中青山忠裕の隣藩と外様小藩織田家の間にはなんの差し障りもないと、喜多谷六兵衛が答えた。

「こちらからの街道はどうだな」

「最前も申しましたが、篠山と柏原の藩境に鐘ヶ坂なる険阻な峠がございます。女衆二人には鬼が棲んでいたと言い伝えられる峠が難所でございましょうな」

「おりょう、お鈴さん、これから四里ほど歩くが覚悟はよいな」

と小籐次が女二人に尋ねると、二人からにっこりとした笑みが返ってきた。それぱかりか、

「赤目様、柏原は篠山に比べて小さな城下にございます。うちの親戚が木の根橋の近くで、旅籠木の根屋を営んでおります。五人ならば突然訪ねても泊めてもらえましょう」

とお鈴が言った。

「わが案内人は篠山藩の御番頭、もう一人の実家は老舗《しにせ》の旅籠となにかと便利じゃのう。ともあれ鬼が棲むという鐘ヶ坂峠を目指そうか」

と一行は草鞋の紐を確かめて歩き出した。

刻限は昼前だ。

女の足で二刻半（五時間）と見て、七つ（午後四時）時分には柏原城下に着くなと小籐次は胸中で旅路を計算した。

おりょうは駿太郎とお鈴を両脇に伴い、軽やかな足取りで進んだ。赤目一家にとって懸案のお英の墓参が済んで、おりょうも駿太郎もどことなく安堵した表情を見せていた。それはその足取りにも表れていた。

三人の後ろを小籐次と六兵衛が並んで歩くのは篠山から矢代にきた道中とは逆

だ。


「赤目様、なんとのう背筋がもそもそするのはそれがしの勘違いにござろうか」

と喜多谷が言ったのは、大山道の古佐から北野に向う道すがらだった。

「気付かれたか」

「赤目様、いつから承知でございますか」

「少音寺を見張っていた者がいたようだな」

しばし喜多谷六兵衛は沈思して、

「となると、小出一族が未だ赤目様のことを根に持っておりますかな」

「さあてな、しばし待てばあちらから挨拶に出てまいろう」

喜多谷がまた間をおいて、

「殿は小出一族がお英様を側室に上げようとした一連の画策を、未だお許しになっておられぬと洩れ聞いております。赤目様、江戸を発つ折、殿からこの一件についてなにか告げられたことがございますかな」

「六兵衛どの、わしは老中青山様の臣下ではないでな、そうあれこれと頼まれても身がもたんがのう。ともあれ出ないお化けを詮索しても無益であろう」

小籐次はここ数日で親しくなった喜多谷六兵衛を、名で呼んで言った。

大山道は北野を過ぎて京街道あるいは山陰道と呼ばれる脇往還に合流する。なにか事が起こるとしたら、鐘ヶ坂峠かと小籐次も六兵衛も考えていた。

一行は秋の陽射しの中で柏原行を楽しみながら進んだ。

第三章　人形の功徳

一

江戸の紙問屋久慈屋の店先に、赤目小籐次と駿太郎の研ぎ姿を表現した人形二体が飾られようとしていた。

この数日、雨が降ったために喜多川派の絵師喜多川歌冶が使った絵の具が完全に乾くのに日にちがかかった。ためになかなかお披露目が出来なかった。

天候が回復し、爽やかな秋空が戻ったこの日、久慈屋の店先の一角、いつも小籐次と駿太郎親子が研ぎ場を設ける場所に筵《むしろ》が敷かれ、洗い桶がそれぞれ置かれ、その洗い桶の前に人形二体が据えられたのだ。そして、二体の人形の傍らには久慈屋の隠居が筆を揮った挨拶の木札が置かれた。そこには、

「お客様
　芝口橋を往来の皆々様
　研ぎ屋赤目小籐次様と駿太郎様父子は、女房おりょう様を伴い、丹波篠山への旅に出ております。

　行き先の丹波篠山、京より二日ほどのさる譜代大名家のご城下にございます。篠山での、さるお方の墓参のためと聞いております。往復の道中を考え、女連れであることを考え合わせますと江戸を留守に致す月日は三月は要しましょう。

　皆々様にはご迷惑をお掛け致しますがご容赦のほど平に願い奉ります。

　赤目一家が留守の間、研ぎ場を守るべく久慈屋手代国三が竹と紙とを使って拵えた人形に喜多川派の絵師喜多川歌冶画伯の筆を揮って頂き、日ごろのご愛顧に報いようと、かような酔いどれ小籐次、駿太郎親子の人形を据えることに致しました。

　なにとぞ皆々様の寛容なるご厚情とご理解をお願い申し上げる次第です。

　　　　赤目小籐次　駿太郎代理　久慈屋隠居五十六敬白」

とあった。

　大番頭の観右衛門が自ら陣頭指揮して据えられた人形は、芝口橋辺りから見れば、本物の親子が研ぎ仕事をしているようにも思えた。

隠居の五十六も奥から姿を見せて、

「おうおう、この人形に気付いてくれる人がおられるとよいのですがな」

と自分が認めた木札が置かれた場所を手直しした。

久慈屋の奉公人たちがいつものように店の内外をきれいに掃き掃除して打ち水もしていた。

最初、仕事に向う人びとは足早に芝口橋を往来していたが、肩に道具箱を担いだ大工と思える職人がふと酔いどれ人形に目を止めて、

「おおっ、酔いどれ様親子が旅から戻ってきたか」

と言いながら橋から久慈屋の店先に寄ってきて、

「な、なんだ、本物の赤目様親子じゃねえぞ、人形が研ぎ仕事をしていやがるぜ。一体全体、こりゃなんの真似だ、久慈屋さんよ」

と大声を張り上げたために橋を往来していたお馴染みの人びとが集まってきて、

「おお、よく出来た人形ですな。どれどれ」

と木札の文字を読み、

「なになに、本物の赤目様親子が江戸を留守の間、酔いどれ様の人形が研ぎ場を

守るそうですよ。久慈屋さんもえらいことを考えられたな」

「酔いどれ人形がおれたちの暮らしをよ、見守ってくれるのか」

「そういうことです。やっぱりね、久慈屋さんの店先に赤目小籐次様と駿太郎様親子の姿がないのは寂しゅうございますでな」

などと言い合った。

当然、この事態を手ぐすね引いて待っていた読売屋の空蔵が大仰に書き立てて、日本橋でまず売り出した。

「お江戸日本橋七つ発ち、歌に歌われる日本橋をご通行中のご一統様に申し上げます。この日本橋から京へと上るには、日本橋の次なる橋が京橋にございますな。続いて二つ目に芝口橋が待ち受けております。

この芝口橋そばの紙問屋に関わりが深い人物と申せば、天下に名を馳せる酔いどれ小籐次こと赤目小籐次にございましょう。そう、過日恐れ多くも上様の御前で酒を所望した上に派手な夏の雪模様を披露して、上様よりお褒めの言葉を頂戴した研ぎ屋爺でございますよ」

と一気に述べた空蔵がここで間をとった。するとこの界隈の裏長屋の差配が、

「ほら蔵さん、江戸っ子に向ってなんて口上だい、そんな当たり前のことを述べ

立てねえと読売が売れないか。ははあー、日ごろ頼りにする赤目様一家がよ、江戸を留守にしていると聞いたがよ。おまえさん、なんぞ空言の話を書いて読売を一枚でも売ろうという魂胆かえ」

と空蔵の口上にケチをつけた。

「貧乏長屋の差配の九助さんよ、ほら蔵と異名をとる読売屋の空蔵だがね、空言のネタで読売を買ってもらおうなんて魂胆は指先ほどもございませんよ。いいかえ、本日の読売に書かれた酔いどれネタは正真正銘の話だ」

「ははあー、旅先から文が届いたか。が、待てよ、酔いどれ小籐次が読売屋のほら蔵に文を送って商売にせよなんてことは、断じてねえよな。旅先から文が届くとしたら、芝口橋の久慈屋だ」

「悔しいがこの空蔵にはよ、一通として文は届かない」

「ならばなんの話だ」

「ようやく肝心要の話になったな。いいかえ、ご一統、今や赤目小籐次、駿太郎親子の研ぎ場は久慈屋の店先に定まっているな」

「空蔵さんよ、酔いどれ様は深川蛤町《はまぐりちょう》裏河岸の水辺でも小舟を舫《もや》って研ぎ仕事をしているぜ」

「おい、どこの職人か知らねえが、細かいことに文句をつけるんじゃないよ。酔いどれ小籐次の話は大らかでなければならないよ。おれはよ、酔いどれ親子の研ぎ場の本拠は久慈屋と言っているんだよ、その久慈屋さんの生きた看板が研ぎ屋親子だ。その看板一家が長旅ときた」

「久慈屋の店先が寂しいわね」

と女衆が空蔵に合の手を入れた。

「よう話をそちらに戻してくれたな、別嬪《べっぴん》の姉さんよ」

「あら、ほら蔵さんも偶《たま》には本心が出るわね」

「おうさ、還暦前の別嬪の姉さんよ」

「還暦前は要らないよ。わたしゃ、これでも二十一、二」

「嘘ついちゃいけねえな、姉さん」

といなした空蔵が、手にした竹棒をぐるりと取り巻いた野次馬連の頭の上で動かしていき、

「驚くなかれ、久慈屋の店先に酔いどれ小籐次と駿太郎親子の研ぎ場が戻ってきたよ」

「おお、旅から戻ってきやがったな、酔いどれ様一家がよ」

「まあ、話の先はすべてこの読売に書いてある。本日はいつもの四文でいいや、黙って持ってけ、どろぼう」

と空蔵が読売の束を竹棒の先で叩いて景気をつけた。

「よし、ほら蔵の口に騙されたと思ってよ、一枚買ってやらあ」

職人風の若い衆が腹掛けから四文を出して読売を買った。

「兄さん、字が読めるのか」

「おい、職人に向ってなんてことを抜かすんだ。読み書きできれば、壁塗りの土なんぞはこねてねえよ。親方に土産だ、うちの親方は酔いどれ様の大のひいきだ」

「いい心がけだ」

と一気に読売をさばいた空蔵がさっさと乗っていた台を携えて日本橋の袂《たもと》から姿を消した。

眼鏡をかけたこの界隈に住む隠居が、

「なになに」

と読売を読み始めて、

「空蔵の手に引っかかったな」

「どうしたよ、隠居」

と親方に土産にすると読売を最初に買った若い衆が尋ねた。

「久慈屋さんではな、店先が寂しいてんで、手先の器用な手代さんが等身の赤目小籐次と駿太郎親子の紙人形を造ったそうだ。その紙人形に喜多川一門の喜多川歌冶絵師がふたりの顔などを描いてみるとな、本物の酔いどれ様と駿太郎さんにそっくりだそうだ。その上、この酔いどれ親子人形をお参りするとな、多大な功徳があると書いてあるな」

「くどくってなんだい、食い物か飲み物か」

「功徳はな、神仏がもたらしてくれるお恵みだ」

「おめぐみな、まあ、酔いどれ話であることは確かのようだ、親方を喜ばせてやろうか」

「おまえさんの、その気持ちが功徳だよ」

日本橋で読売を売りつけられた人々が、得したのか損したのか分からないという顔で散っていった。

この空蔵の読売を買った人が一人ふたりと久慈屋の店先を訪ねて、

「おお、なかなかの出来栄えですよ。まるで酔いどれ様が倅の駿太郎さんの研いだ包丁の研ぎ具合を確かめているようですな」

とか、

「とうしんって、本物より大きいってことか」

「違いますな、酔いどれ様の体とほぼいっしょということですよ」

「いいんや、この人形少しばかり大きくないか」

と言い合った。人形の裏に回った一人が、

「絵師喜多川歌冶、人形手代国三、と書いてあるな。この国三って久慈屋の手代さん、つまり、ほれ、そこで仕事をしている国三さんのことかね」

と国三に関心を向けた。

「恐れ入ります。主や大番頭さんのお知恵に、つい私めが調子に乗ってしまいました。でも絵師の歌冶師匠が私の不出来をきれいに隠してくれましたので、かように立派な看板になりました」

と国三は答えた。

「手代さん、謙虚だね。いや、土台の人形造りがうまくいっていなければ、いくら腕のいい絵師だってこれだけには仕上げられませんよ。いや、よい仕事をしなさった」

と署名を見た男が国三を褒めてくれた。

空蔵の読売が売り出されて半日、秋の夕暮れどきのことだ。

最前まで長い行列が出来ていた酔いどれ親子人形の前から見物人の姿が消えていた。

「ああ」

と小僧の末松が大声を上げた。

「小僧さん。まさかとは思いますが人形が傷ついたり破れたりしているんじゃないでしょうね」

と帳場格子の中から観右衛門が小僧に質した。

手代の国三が仕事を止めて人形の前に飛び出していき、洗い桶を見下ろし、驚きの顔で黙り込んだ。

「国三さん、どうしました」

昌右衛門がなんとなく見当がついたという顔で質した。

「旦那様、なにが起こったんです」

と観右衛門が昌右衛門に尋ねた。

「酔いどれ様の洗い桶に賽銭《さいせん》が入れられているのではございませんか」

「酔いどれ様本人ではございませんぞ、そんなはずはありますまい」

「いえ、旦那様の推量どおりそれぞれの洗い桶にそれなりの額の銭が入れられております。一分金は見当たりませんが、二朱銀は結構入っております」

帳場格子の中から観右衛門が急いで下りてきて、二つの人形の洗い桶を見下ろした。

「驚きましたな、酔いどれ人形と駿太郎人形は、ほぼ同額の賽銭があげられておりますぞ、旦那様」

「生きた赤目小籐次様の賽銭にも驚きましたが、人形でも起こりましたか」

「明日から洗い桶は下げましょうか」

と観右衛門が若い主に尋ねた。

しばし沈思した昌右衛門が首を横に振った。

「いえ、洗い桶をなくしたところで賽銭は上がりましょうな。これは赤目小籐次様の功徳にあやかろうとするお方の気持ちです。なにをやってもダメでしょうね」

「旦那様、人形を引き下げるという手がございますぞ」

「それでは当初の狙いの、久慈屋の生きた看板代わりに酔いどれ様親子の人形を造った、私どもの気持ちが消えてしまいます」

「ですな、どうしたものでで」

観右衛門の問いに昌右衛門が、

「国三さん、難波橋《なにわばし》の親分を訪ねて事情を話してきなされ」

と命じた。

国三が主の命に首肯すると、芝口橋を渡って親分の家へと小走りに向った。

「大番頭さん、このようなご時世です。武家方も町人も先行きが決してみえておるわけではございますまい。不安の世に赤目小籐次様親子の人形にすがろうとする気持ちを無視するわけにはいきますまい」

「ということは、赤目様の生き神様騒ぎの再燃になりますか」

「人形を造ったのはうちです。ですが、洗い桶に上がった浄財はうちのものではございません」

「だれのものでしょうかな」

「強いていえば赤目様親子でしょうか」

「赤目様は嫌がられますぞ」

「ゆえに赤目様方が戻ってくる前に、この一件の片をつけておかねばなりますまい」

「そこでお上に相談するのですね」

観右衛門の言葉に昌右衛門が頷いたとき、国三が南町の定廻《じょうまわ》り同心近藤精兵衛と秀次親分を伴い、戻ってきた。

「近藤様も折よく親分の家に居られましたゆえ、ご足労を願いました」

国三が昌右衛門に言った。

「ほうほう、なかなかの賽銭が上がったな」

秀次親分がにやにや笑いながら観右衛門を見た。

「近藤様、親分、うちは賽銭を上げてもらおうと酔いどれ様の人形を造ったわけではございません」

「大番頭さん、言い訳せずとも分かっているさ。手代さんの道々の話で事情は察していたが、初日でこれだけ賽銭が上がると赤目様一家が江戸へ戻ってくるまで、それなりの額にならないか」

「まさか生き神様の六百両てなことにはなりませんよね」

「とは思うが、酔いどれ様ならなにが起きても驚きはしないぜ、大番頭さんよ」

「はい。過日は城中の白書院で上様に酒を所望して飲み干され、派手な芸まで披露したお方です。先日、市川團十郎丈がうちに見えて、『ただ今の酔いどれ小籐次様に敵う役者はだれ一人おりませぬ』と嘆いていかれました」

と観右衛門が言った。

「近藤様と親分に奥に通ってもらい、この一件、どうするか隠居を交えて話をしてもらえませんか」

と昌右衛門が大番頭に命じた。

「というわけでございます。恐れ入りますが奥へお願い申します」

大番頭が二人を案内して店先から姿を消した。

「国三さん、なにかあってもいけません。店仕舞いまで人形と洗い桶を見張ってください」

と命じた昌右衛門は、帳場格子の中で帳付けに戻った。

店仕舞いを終えた久慈屋では、人形二体を久慈屋の土間ではなく板の間に上げた。その上で昌右衛門は国三と小僧ら三人に二つの洗い桶の「賽銭」を勘定させた。

四人で四半刻近く掛かり、一分金一枚、二朱銀三枚、一朱金五枚、銭が八百七十三文、都合三分三朱と八百七十三文となった。

話を終えて店仕舞いした店に出てきた近藤精兵衛が昌右衛門からその額を聞いて、

「初日で一両以上の賽銭が酔いどれ親子人形に上がったか。赤目様一家の江戸戻りまで続くとしたら、ちょっとした額になりそうだな」

と感心した。

「近藤様、それもこれも酔いどれ様の人気のお陰ですって」

「知らぬは当の赤目どのと家族だけか」

秀次と近藤が言い合った。

「で、奥での話し合いはどうなりました」

「隠居もな、折角の催しゆえ続けたい。その上で賽銭は、先に赤目どのがお救い小屋の資金にと奉行所に寄進した時のようにしようではないかということで、話の一致を見た。とは申せ、これから奉行所に戻り、お奉行に了解を得ての上で決まることだ。さような看板は取り払えという返答は万々《ばんばん》ないと思うが、お奉行のお考えを明日の店開けまでに伝えるでな」

と近藤が辞去の気配を見せた。

「近藤様、本日の賽銭、うちでお預かりしてようございますな」

「面倒だがそう願おう。それにしても江戸におらぬ酔いどれ小籐次様は、われらをようも働かせてくれるわ」

と笑みの顔で言い残して、秀次親分といっしょに久慈屋から出ていった。

二

小籐次一行は、鐘ヶ坂峠の頂から秋景色の山間の向こうに、後に歌川広重が「六十余州名所図会」に描いた奇景鬼の架橋《かけはし》を眺めていた。西日を浴びた切り立った岩場の間に大きな岩が横たわり、その下から山並みと赤く染まった空が見えた。

遠望だが、鬼の架橋はなんとも不思議な光景だった。

「この絶景を見ただけで柏原を訪ねていく甲斐があったというものじゃぞ」

小籐次が言った。

矢代を出た折の心積もりでは、鐘ヶ坂峠を越えて夕暮れ前に柏原城下に到着しているはずだった。

だが、親類のいる柏原城下に向うことになり、張り切ったお鈴が険しい山道で足を挫《くじ》いてしまった。不幸中の幸いで捻挫はさほどひどくはなかったが、一行の歩みは遅くならざるを得なかった。柏原への峠道を承知なだけにお鈴はつい油断したらしい。

「赤目様、おりょう様、申し訳ありません。道中を承知の案内方の私が恥ずかしいかぎりです」

幾たびも悔いと詫びの言葉を小籐次らに繰り返した。

「お鈴さん、詫びる話ではありません。お鈴さんは私どもに気遣いしたために自分のことに気が回らなかったのです。そのお蔭で、鬼の架橋が西日に浮かぶこの景色に出合えたのです」

駿太郎がお鈴を慰めた。

お鈴はおりょうの竹杖を借りて、なんとか峠の頂まで歩いてきたところだ。

小籐次は喜多谷六兵衛が泰然としているのを見て、鐘ヶ坂峠に一夜の宿りをなす洞《ほら》でもあるのではないかと察していた。

「さて、そろそろ参りましょうか。半丁ほど下ると峠の茶店がございましてな、藩境で難儀をした旅人を泊めてくれます。五人いっしょの雑魚寝になりますが、峠の寒さを凌げますぞ」

と六兵衛がお鈴に代わって道案内に立った。

ちなみに鬼の架橋付近で標高千六百余尺（五百四十メートル）あった。

晩秋の丹波の山で一夜を外で過ごすのは厳しかった。

「鬼の住処近くで一夜を過ごすなど貴重な経験です。お鈴さんに感謝しなければね」

おりょうも言った。

「お鈴は峠の茶店を覚えておらぬか」

六兵衛がお鈴に尋ねた。

「私が最後にこの峠を越えたのは六、七年前です。その頃、すでにあったのでしょうか」

「お鈴、おばばの茶店は、古《いにしえ》より但馬《たじま》路や丹後から大名行列の休み処としてあったぞ。さりながらお鈴は篠山と柏原の往来であったろう。茶店に休むこともなく通り過ぎたのではないか、それで記憶しておらぬのだ」

六兵衛がお鈴に答え、日が落ちる前におばばの茶店に辿り着いた。

峠道から少し離れた大きな岩場に寄り掛かるように、平たい石瓦で葺かれた茶店はあった。

「おばば、今宵五人ほど泊めてくれぬか」

と六兵衛が茶店に入ると、

「おや、篠山藩の喜多谷様か、うん、女衆といっしょの峠越えか」

おばばがおりょうとお鈴を見た。

「娘がな、峠道で足を挫いたで、かような刻限になってしまった」

「なに、足を挫いたか、それはいけん」

と言いながらおばばが小籐次一行を茶店に招じ入れた。

茶店というより山小屋といった風情だった。頑丈な柱や梁《はり》が囲炉裏の火にいぶされて黒ずんでおり、六兵衛がいうように茶店が長年この峠にあることを示していた。おばばの相棒か、白と茶色の老犬が土間の隅に控えていた。

板の間と粗末な筵畳が敷かれた部屋の二間には、小籐次らの他に客はいなかった。

「おばば、この方々は篠山藩の客人でな、殿の昵懇のご一家である。江戸から見えたのだ」

「なに、江戸からの旅人ですと。そりゃ、山道で挫いても致し方なかろう。挫いた足を見せてみろ、挫きに効く練薬があるぞ」

おばばが菅笠と手拭いを脱いだおりょうの顔を見て、

「あれまあ、きれいなお姫様ではないか、ちいと齢を食っておるがな」

と正直な感想を口にした。

「齢を食ったお姫様で生憎《あいにく》でございます。おばば様、足を挫いたのは私ではございません。こちらの娘、お鈴さんです、ぜひ治療をお願い申します」

おりょうがお鈴をおばばの前に案内した。

とお鈴を見たおばばが、

「あんれ、どこかで見た顔じゃのう」

と言い出した。

「篠山城下の河原町で旅籠を営む河原篠山の娘です」

「うん、となると百左衛門様の娘か」

「はい」

「柏原にも親戚《まけ》が旅籠木の根屋を営んでおったな」

「はい、案内人の私が足を挫いて皆さんに迷惑をかけているのです」

「道を知った人間のほうがな、往々にして怪我をするでな。案じるな、いま練薬を塗るからな、明日には脹《は》れも引いていよう」

おばばが鐘ヶ坂峠で摘んだ薬草で造ったという練薬を出してきた。

四半刻後、小籐次らは囲炉裏を囲んで酒を飲んでいた。さすがに丹波の山奥の茶店だ。濁り酒ではなくて丹波杜氏の手掛けた清酒だった。

酒を楽しむのは小籐次、六兵衛におりょうが最初の一杯だけ相伴した。

囲炉裏には、ぐつぐつと煮えた鉄鍋がかかり、猪肉やきのこを入れた鍋がそろそろ食べごろになろうとしていた。

「おばば様、器と箸を貸して下さい」

立ち上がろうとしたお鈴を制して駿太郎が機敏に動いた。

「うむ、若様はなかなかの気遣いじゃな。それにしてもこの年寄りと齢を食ったお姫様が夫婦とは、丹波では考えられんぞ」

と言いながらおばばが丼と箸を駿太郎に渡した。そして、

「江戸でなにをしているかね、若様」

「はい、父上と私は研ぎ仕事をしています」

「なに、研ぎ屋だと、稼ぎにはなるまい。ようも江戸から篠山までの路銀があったな」

おばばが駿太郎に正直な問いを発した。すると六兵衛が、

「おばば、このお方、ただの研ぎ屋ではない。わが殿とも昵懇でな、いや、過日には公方《くぼう》様にも呼ばれてお城にてお目通りしたご仁だ、江戸ではだれ一人として知らぬ者はおらぬお方だぞ」

「年寄り猪の顔よりひでえ面の主が、篠山の殿様やら公方様と知り合いだと。喜多谷様よ、鐘ヶ坂峠のばば様をからかうかね」

と六兵衛の言葉を一蹴したおばばが、

「齢の食ったお姫様はなにしてござる」

「母上は歌の師匠です」

「なに、この爺様は若い女房の稼ぎにおんぶにだっこか」

「おい、おばば、わしが言うた言葉を信じぬか。真のことじゃぞ」

六兵衛が必死で言い募った。

「喜多谷様よ、騙されてねえか、その爺様にな。名はなんだ」

「名を言うたら信じるか」

「いうてみろ」

「赤目小籐次様、江戸の方々は酔いどれ小籐次様と呼ぶそうな」

六兵衛の話におばばが黙り込んだ。

「信じぬか」

「ま、待て。何年も前、播州赤穂《あこう》のご家来衆がこの茶店で何度も口にした名が赤目小籐次ではなかったかのう」

「おお、御鑓先を切り取られた大名家の一家《いっけ》が赤穂藩森家であったな。おばば、天下に名高い『御鑓拝借』の武勇の士がここにおわすお方じゃぞ」

「ま、真か、た、魂消《たまげ》た」

口では言ったが、小籐次の顔を見ておばばがまた首を捻った。どうも信じられないらしい。

ともあれ思い掛けない一夜を鐘ヶ坂峠の茶店で小籐次らは過ごした。

翌朝、おばばの塗り薬が効いてお鈴は捻挫の痛みは消えたという。

「おばばどの、柏原からの帰路、また寄せてもらうでな」

と小籐次が泊まり賃として一分金を渡した。

「爺様、山ン中だ、釣り銭はねえ」

「お鈴さんの治療代もある、取っておいてくれぬか」

「ふーん、やっぱりこの爺様、赤穂藩を騒がせた爺様かねえ」

と一分金を受け取ったおばばが小籐次の顔を改めて見て、

「よく見ればなかなかの福顔かもしれんて、なあ、歳を食ったお姫様よ」

と言ったものだ。

山道から郷に出たとき、六兵衛が、

「小出一族の関わりの者は鐘ヶ坂峠では姿を見せませんでしたな」

とそっと小籐次に言った。

「六兵衛どの、わしを狙うもう一組を思い出した」

「だれでございますな」

「おばばの話でな、赤穂藩森家がおったな、と思い付いた」

「なんと、赤穂藩森家は未だ『御鑓拝借』騒ぎを根に持っておりますか」

「江戸では四家とわが旧主森藩久留島家とは手打ちがなっておる。とはいえ、人の気持ちはそう消せるものではなかろう。赤目小籐次が丹波におると知った赤穂藩の者がこちらに関心を寄せたと考えられぬこともあるまい」

と小籐次は答えながら、赤穂藩の家臣、御先手組番頭の古田寿三郎の顔を思い出していた。

古田は『御鑓拝借』騒動のあと、手打ちに動いた忠義の士であった。

「赤目様、小出一族にしろ、赤穂藩の森家にしろ、事と次第では篠山藩にも赤穂藩にも、はたまたこれから訪ねる柏原藩にも面倒をかけることになりますな」

「ということだ。どちらかに絞り切れると気分は楽じゃがのう」

「赤目様、まさかその他にも赤目小籐次様を仇と思う相手に心当たりはございますまいな」

「虚名ばかりが高くなってな、わしの前に刀を振り翳《かざ》して斬りかかってきた相手の数の勘定はできん。わし一家が丹波におることは世間も知るまいでな、まあ、小出一族か、赤穂藩か、そのあたりかのう」

「呆れました。われら、戦国の世に生きておるのではございませんぞ。それを赤目様は、討ち手が絞り切れぬほどの相手と刀を交えてこられましたか。わが篠山藩の家臣が十把一《じっぱひと》からげで無様なのも、むべなるかなです」

六兵衛が感想を述べたところで一行は、柏原藩織田家の城下へと入っていった。

柏原藩二万石の陣屋は、正徳四年（一七一四）に造営された。陣屋の表御門の長屋門は、右側が馬見所、左側が番所になっていた。そして大手通りに三階建ての太鼓やぐらがあった。

「参勤交代で藩主の織田様が帰藩した折や時太鼓として、はたまた火事など緊急の場合に打ち鳴らされるのです」

六兵衛が隣藩の陣屋の前で小籐次らに説明してくれた。それによれば、文政元年（一八一八）に御殿が焼失したが、長屋門だけは正徳四年の造営当時のままの姿を留めて燃え残った。

その後、文政三年（一八二〇）に柏原陣屋の再建がなった。つまり小籐次一行が見ている柏原陣屋は、五年前に建てた建物だ。

二万石でこの陣屋となると、旧主森藩久留島家の陣屋はどれほどの建物かと、小籐次は想像してみた。だが、頭には浮かばなかった。

「おお、喜多谷どのではござらぬか」

長屋門の番所から武家が姿を見せて六兵衛に声をかけた。隣藩同士の家臣だ、顔見知りであろう。

「おお、木屋どの、篠山に客人が見えたでな、御藩の見物に案内して参った」

と六兵衛が小籐次らを曖昧に紹介した。六兵衛としては赤目小籐次の名を明かすと、また新たな厄介が生じるのではと気にしてのことだ。

「さようか」

と応じた木屋が小籐次の顔を見て、首を傾げた。

「喜多谷どの、ご案内の客人、どこぞでお見かけしたお顔じゃが、まさか江戸のお方ではあるまいな」

「なに、そなた、江戸であかめ、いや、このお方を見たと申されるか」

「もしやして天下に名高き赤目小籐次様ではござらぬか」

「うーむ、承知であったか。木屋丙左衛門どの、こちらに参られよ」

「なに、それがしに赤目小籐次様を紹介してくれると申すか」

「そうではないのだ。いや、口利きは致す。殿のお許しもあって赤目様の知り合いの墓参に一家で篠山に見えたのだ。お忍びでの道中じゃ、すまぬが木屋どのの胸中に赤目様柏原来訪、留めてくれませぬか」

「なに、お忍びの墓参とな。まずは喜多谷どの、それがしにご紹介を」

と木屋にせがまれた六兵衛が、

「赤目様、江戸にてそなた様の尊顔を拝した木屋どのにござれば隠しようもございませぬ。木屋丙左衛門どのは、それがしと同じ職分、織田家の御番頭でしてな、われら、付き合いがございます」

と六兵衛が言った。

「なにがお忍びじゃ、なにが尊顔じゃ。わしは一介の研ぎ屋爺の赤目小籐次じゃぞ。木屋どの、御藩城下を訪ねた曰くは、これなる女房おりょうのたっての願いでな」

と小籐次が木屋におりょうを目顔で紹介した。

「木屋様、お初にお目にかかります。柏原を訪ねました理由は、俳人にして歌人の田ステ女様の生地ゆえでございます」

「おお、そなた様も歌人と、江戸勤番の折、耳に致しました。いや、ようわが国許柏原を訪ねてくださいました」

と木屋が興奮の体《てい》で言った。

「今宵の宿はお決まりでなければ、陣屋に宿泊所をご用意いたします、赤目様」

「木屋どの、お気持ちだけ頂戴しよう。すでにこの娘の縁戚の旅籠に泊まることが決まっておるのだ」

と小籐次は虚言を弄した。そうしなければ柏原で陣屋に泊まらされることになりかねないと思ったからだ。

「お宿はどちらですかな」

「旅籠木の根屋にございます」

とお鈴が返事をした。

「なに、木の根屋とな。となれば、そなたの実家は河原町の篠山か」

「はい。旅籠の河原篠山が私の実家でございます」

「相分かった」

と返答をした木屋が、

「赤目様、喜多谷どの、なんぞこの柏原で不如意があればすぐにもそれがしにお知らせくだされ。天下の赤目小籐次様の御用、この木屋丙左衛門、喜んで務めさせて頂きますでな」

「木屋どの、女房どののわがままだけをお許し願えれば、われら、なんの不如意もござらぬ」

と小籐次が答え、木屋には小出お英の乳母お咲の従妹うねが後妻に入った旧家がどこか尋ねなかった。これ以上の関わりは御免と思ったからだ。

「赤目様、まずは親類の宿に参りましょうか。木の根橋まで遠くはございません」

と陣屋前からはお鈴が案内に立った。六兵衛は木屋と何事か話し合っていたが、小走りで小籐次らに追いついてきた。

「赤目様、念のために重ねて赤目様一家の柏原訪問を他言せぬように申し入れてきました」

と六兵衛が言った。

確かに柏原城下は篠山城下ほど大きくはなかった。

川幅三間半余の奥村川に架かる木の根橋は見物であった。樹齢八百年といわれる大ケヤキの根っこが橋に寄り添うように対岸へと続く様は、鐘ヶ坂峠で遠望した鬼の架橋と、対になるほどの景色だった。

「お鈴さん、堂々としたケヤキですね」

駿太郎が流れを跨ぐケヤキの根っこの木肌を手で触って言った。

橋の上にいる小籐次一行の上から黄色に染まったケヤキの葉が風にはらはらと散る様は見事だった。

「ケヤキですから四季折々の表情を見せてくれます。うちの親戚の自慢です」

とお鈴の声が聞こえたか、大ケヤキに接してある旅籠、その名も木の根屋から女衆が姿を見せて、

「お鈴、どうしたの」

と驚きの顔で話しかけた。

「篠山のお城のお客様を柏原にお連れしたの。叔母さん、私たち、五人が泊まる部屋があるわね」

「お武家様だね、むろん二階の大ケヤキが見える続き座敷を用意しますよ」

お鈴の叔母のあやが答え、六兵衛が、

「それがし、篠山藩青山家家臣喜多谷六兵衛にござる。突然の訪いじゃが赤目様ご一家によき座敷を願う」

とお鈴の言葉を補った。

「喜多谷様、篠山藩のお客人は赤目様と申されますか」

旅籠木の根屋も武家を泊め慣れているのかそう質した。

「叔母さん、江戸からお見えになったのよ。篠山の殿様のお知り合いなの」

「老中青山様のお知り合いの赤目様」

と呟き、

「ま、まさか、お鈴、あの『御鑓拝借』の酔いどれ小籐次様ではないだろうね」

と問い返したあやの顔をじいっと見ていたお鈴が、
こっくり

と頷いた。

こんどはあやがしばし黙り込み、

「た、大変なお客人をお鈴は、この柏原に案内してくれましたね」

と興奮を押し殺した体で呟き返した。

三

江戸の久慈屋では、どえらい騒ぎになっていた。

店の大戸が開かれる六つ半（午前七時）には、店の前に数十人の行列があった。

酔いどれ親子人形の担当を小僧の二人とともに昌右衛門から命じられた国三は、小籐次と駿太郎親子が研ぎ場を設ける店の一角をいつも以上に丁寧に掃除をし、畳替えしたときに残していた古い畳表を敷いて研ぎ場を設え、二体の人形を板の間から移動させる前に奉公人全員を集めて合掌させた。

（今日一日騒ぎが起こりませんように）

と胸中で祈り、研ぎ場に移動させて小籐次と駿太郎の人形の前に洗い桶を据えた。その洗い桶には二寸ばかり水が張られていた。

その仕度がすべて済んだあと、大戸を開いた。

「皆さん、お待たせ申しました。酔いどれ様親子の人形に手を合わせられるのは結構ですが、どうか賽銭、投げ銭の類は洗い桶に入れないで下さい。手前どもは寺や神社ではございません、紙問屋にございますでな」

大番頭の観右衛門が行列の人びとに注意した。それは一種の儀式だ。江戸の神社仏閣から、

「紙問屋久慈屋では酔いどれ小籐次の人形を祀って賽銭を儲けておる」

などという文句が出たときのための言い訳に過ぎなかった。一方で空蔵の読売が毎日紙面の隅に、

「本日の酔いどれ親子人形の投げ銭額、いくらいくら」

と記し、

「この金子《きんす》は十日ごとに町奉行所に納められます」

と付記しているものだから、日が経つにつれ「賽銭」の額は増えていた。

近ごろでは一日平均二両ほどが集まり、店が終わってから国三と小僧が一分金は一分金、一朱金は一朱金、銭は銭とおおわらわで分けて計算し、大番頭に報告した。

観右衛門は、

「酔いどれ浄財帳」

なる新たな帳面を造って毎日一文の狂いもないように認めて、昌右衛門に見せ、

「旦那様、この分でいきますと本物の赤目小籐次様、駿太郎さん親子が江戸へ帰って来た時には、賽銭が百両、いえ、百五十両を超えそうですな」

とうっかりと言い、昌右衛門に、

「大番頭さん、『賽銭』ではございません。飽くまで酔いどれ人形を見物に来られた方々の気持ちです」

と注意をされたほどだ。

この久慈屋の店先に赤目小籐次と駿太郎人形が鎮座するようになって十日が過ぎた昼下がり、久慈屋の前の河岸道に乗り物が止まった。

乗り物には無文銭の家紋が入っていた。

老中青山家の家紋だ。

「青山銭紋《ぜにもん》」と呼ばれる家紋の謂れは、庭に筍が銭をかついで生えてきたことにある。成長したこの竹を切って馬印としたところ出陣のたびに連勝し、縁起がよいというので穴あき銭の文字をとって青山家の家紋とした。

そんな「青山銭紋」の乗り物から下りてきた、頭巾で顔を隠したその人は老中青山忠裕であった。登城下城の際に行列が組まれ、さっさと行く老中特有の早足ではない。

青山忠裕はいったん西の丸下の老中屋敷に戻った上で、江戸で人気沸騰の酔いどれ人形を見物に来たのだ。

久慈屋には前もって知らせはなかった。あくまで御用の途次に立ち寄った体をとっていた。忠裕の身辺には御番衆数人と密偵の中田新八とおしんら数人が従っていた。

長い行列を見渡した忠裕が、

「ほうほう、芝口橋のほうまで伸びておるのう」

と呟いた。

行列は橋の下流側の欄干に二列に並んで往来の乗り物や人々の邪魔にならないよう、久慈屋の小僧や難波橋の親分と手下たちが整理していた。

「どれどれ、これが評判の酔いどれ人形であるか」

久慈屋の昌右衛門も大番頭の観右衛門もその人物がだれか承知していたが、驚きを隠した顔で、決してその名を口にしなかった。

「おい、お武家様よ、おれたちはよ、酔いどれ人形の功徳に与ろうてんで長いこと大人しく行列しているんだ。いくらお武家様とはいえさ、割り込みはよくねえぜ」

と文句をつけた職人風の男に忠裕は、

「許せ。予は酔いどれ人形がどのようなものか確かめに参っただけじゃ」

と鷹揚に応じた。

「見物だけで賽銭は上げないのか」

とさらに糺《ただ》す職人に難波橋の秀次親分が、そっと歩み寄って耳元に何か囁いた。

ぽかん

としてその名を聞かされた職人が土下座をしようとしたのを、

「忍びである。そなたらの見物の邪魔をしたな」

と忠裕がにこやかに応じて、大番頭の観右衛門がおしんに何事か告げた。おしんが主にその言葉を告げると、

「なに、久慈屋で茶を馳走してくれると申すか。ならばしばし邪魔を致そうか」

と大番頭に案内されて久慈屋の三和土《たたき》廊下から内玄関に入り、すでに老中訪問を知らされていた隠居の五十六の座敷へと忠裕ら一行が通った。

「難波橋の親分、お忍びのお武家様ってだれですね。やっぱりお武家様方も酔いどれ小籐次の人気に縋らねば生きていけないご時世かね」

秀次に一人の年寄りが尋ねた。

「米屋の隠居、お名前は聞かないほうが身のためだな」

「というと町奉行か、南も北も町奉行の顔なら承知だがね」

年寄りが首を捻った。

「隠居さんよ、老中青山様だとよ。おりゃ、老中に文句をつけちまったよ。あとでよ、無礼者てんで首を落とされねえか」

「おまえさん、安心しな。青山様は酔いどれ様のこととなると、上機嫌になるという話だ」

「おお、そうだ。赤目小籐次様一家は青山様のお国の丹波篠山に行っているんだよな」

酔いどれ人形の前に立てられた木札を見た。

「そういうことだ。そんな最中に久慈屋の酔いどれ様親子の人形が評判てんで確かめに参られたのだな」

秀次が推量を交えて答えていた。

「今日、お参りにきてよかったぜ。明日はほら蔵がこの話を読売に書くぜ。となると参拝人が倍増しないか」

「久慈屋だけがぼろ儲けだ」

この会話を聞いていた手代の国三が、

「ご一統様、うちは一文だって懐に入れておりません。毎晩私どもが皆さんの浄財を勘定してその日の上がりを数え、大番頭さんが酔いどれ浄財帳に書き込んで、十日ごとに町奉行所に届けることになっております」

ときっぱりと言った。

「手代さん、すまねえ。口がすべっただけだ。おりゃ、拝んだら急いで消えるからよ、老中さんによろしくとな、川向こう深川佐賀町の裏長屋日かげ長屋の留三が言い残したと伝えてくんな」

「冗談はよしてくださいよ。明日からが思いやられます。こんなことになっているなんて酔いどれ様は努々《ゆめゆめ》考えておられませんよね、難波橋の親分」

国三が真剣な顔で秀次に言った。

この日、小籐次一家は、丹波柏原藩の城下の木の根屋でゆっくりと目覚めた。

小篠次が朝餉の折に駿太郎に言った。

「駿太郎、お英様の乳母だったお咲さんの従妹、うねさんだがな、城下の機屋《はたや》西垣小左衛門の後妻さんになっておられることが分かった」

「近くに住まいしておられますか」

「駿太郎さん、柏原城下はご覧のように広い町ではないわ。この旅籠から二丁ほど離れているだけよ」

とお鈴が言った。

「ならば朝餉のあとにお訪ねしますか」

駿太郎が小篠次を見た。

「そのことだがな、駿太郎、そなた一人でうねさんに会うてみぬか。うねさんにな、須藤平八郎どのと小出お英どのの実子のそなたが会うて話を聞く方が、大勢で押しかけるよりよかろうと、おりょうと話し合ったのだがな」

「私ひとりでですか」

「案内は私がしましょうか、駿太郎さん」

お鈴が言った。

「そのほうがようございますか、母上」

「養父養母の私どもが立ち合うより、そなたの実母お英様の話を気軽にお話し頂けるのではないかしら」

しばし考えていた駿太郎が、はい、と返事をして、

「父上と母上はどうなされますか」

「おりょうはな、歌人にして俳人の田ステ女様の生地をな、わしを案内して巡るそうじゃ」

そんな具合で赤目一家はこの日、二手に別れることになった。

うねが後妻に入った柏原城下の西垣家は、丹波木綿のただ一軒の機屋だった。

篠山領の矢代で育ったうねは、物心ついた折から機織りの音を聞き、横糸を通す杼《ひ》の動きを見て育った。

十五の歳には一人前の機織り職人として矢代の家で働いていた。

一方、従姉のお咲は篠山藩の重臣小出家の娘お英の乳母として奉公に出ていた。

齢の離れた従姉妹のお咲とうねは実の姉妹のように仲がよかった。

二人は小出家の近くの寺でしばしば会って、あれこれとよもやま話をした。

そんなお咲に、お英が馬廻役須藤平八郎と偶然の出会いから付き合いが始まっ

たことや、さらに二人が相思相愛となって秘めやかな想いが狂おしい情愛に変わる様子をうねは聞かされた。

この話を聞かされた直後だ。うねは忍びあう二人を見かけたこともあった。従姉のお咲が動揺したのはお英に子ができたと知ったときのことだ。

「うね、えらいことになりました」

「どうしたの、お咲従姉《あね》さん」

「お英様にやや子ができたそうな」

「ならば祝言を挙げればよいではありませんか」

「うね、武家方ではそんな簡単なことではないのよ。小出家では須藤家とは身分違いと、付き合うことも許されなかったの。やや子が出来たと小出家が知ったらお英様も須藤様もただではすみますまい」

うねは言葉がなかった。

「うね、だれにも言ってはなりませんよ。私がお英様の懐妊を隠してきたこともあって、この話、小出家に知られなかったのですからね」

うねが従姉の口を通して聞かされた悲劇の発端だった。

それから間もないころ、うねがいつものように小出家の近くの寺でお咲従姉に

会うと、

「大変なことになったわ」

とお咲が血相を変えてうねに告げた。

「どうしたの」

「須藤平八郎様が赤子の駿太郎さんを抱えて脱藩し、江戸へ向かわれたそうな。お英様も須藤様と示し合わせていたのか、二人を追って姿を消されたわ」

しばし沈黙したのち、うねは尋ねた。

「お咲従姉はどうするの」

「小出の殿様は激怒して須藤様を捕らえ、あやつとやや子を始末せよと家来に怒鳴り散らしておられる。私が二人のことを隠していたことに気付かれたら、小出の屋敷にはもはや奉公はできますまい」

とお咲従姉がどこか冷めた眼差しでうねに言い、質した。

「うね、おまえはお英様も須藤平八郎様も承知だったね」

「お二人とも何度かお見かけしております」

「いいね、小出の屋敷に知られないようにしないと、どんな難癖をつけられるか分かりませんよ」

とお咲従姉が注意した。

「私のことよりお咲従姉はどうするの」

うねはお咲の今後を案じて聞いた。

「私は、独り者ですから食い扶持を探せばなんとかなりましょう」

うねはしばし考えて言った。

「お咲従姉は機織りを承知でしたね」

「小出の家に奉公する前は機織りをしていたわ」

「ならば私といっしょに機織りをしませんか」

「そうね、うねも機織りが上手でしたね」

歳の離れた従姉妹同士で、機屋を始める話がなった。

小出家を慌ただしく辞したお咲とうねは、篠山城下で機屋を開き、京の商人に丹波木綿をおろす生計《たつき》を始めた。

二人が機織り仕事を始めた直後、お咲とうねの耳に驚くべき風聞が届いた。

なんと江戸に出た平八郎もお英も死んだというのだ。そして、続いて二人の遺児がなぜか江戸の浪人者のもとで育てられている、という話が小出家から伝わってきた。

だが、二人には平八郎とお英が身罷ったことを思いやる余裕はなかった。女二人で始めた機織り商いをなんとしても成功させねばならなかったからだ。

そんな折、小出家の奉公人がお咲のもとへ頼みごとにきた。

「小出家は馬廻役の須藤平八郎の子を生《な》したお英様を許されておらんのだ。それでな、江戸から届けられたお英様の遺髪をどこぞの寺の無縁墓に埋めてこいと命じられたがな、わしにはできん。お咲さん、あんたはお英様の乳母だったな、あんたがお英様のことを隠したことがこたびの騒ぎを生んだのだ」

と嫌み交じりにいうと、

「お咲さん、頼むから知り合いの寺に埋葬してくれんか。殿様が埋葬料に一両下された」

とお英の遺髪と一両を置いていった。

そこでお咲は篠山城下外れの高仙山少音寺に小さな墓を立て、遺髪を亡骸がわりにした弔いは密やかに行われた。

従姉妹同士の機屋が軌道に乗り始めたときのことだ。二人が機屋を始めたときから承知の木綿問屋の番頭が、声をかけてきた。

「うねさん、あんた、嫁に行かんかね。後妻やけどあんたにうってつけの家がある。隣藩の柏原城下の西垣家は大きな機屋さんや、小左衛門さんは未だ三十で内儀さんに先立たれたと。あんたなら機織りもできるし、これも縁やろ。会うてみんね」

その仲介が切っ掛けでうねは、お咲従姉と始めた機屋をお咲一人に任せて西垣家に嫁に行くことになった。お咲もうねの嫁入り話は大いに賛成してくれたからだ。

西垣家では五人の織子を雇い、京の商人と取引きをしていた。

この小左衛門の後妻として所帯を持つことでうねは才を示した。

うねの織る丹波木綿は明らかに他の織子の品よりも出来も風合いも良いうえに、独特の色使いが高く評価されて、京の茶人の間で評判を呼んだのだ。

一方、小左衛門との間に三人の子に恵まれた。

だが一年ほど前のことだ。

お咲従姉が機を織りながら突っ伏すように倒れてそのまま身罷った。うねにとって姉同様の身内が死んだ。そんな哀しみを胸に秘めながら機織りに没頭することでお咲の死を忘れようとした。

この朝、うねは、機織り名人の老婆が五十年も前に織った丹波木綿の端切れを参考に、自分なりの色合いと渋みを加えた布を織っていた。すると見習織子が、

「おかみさん、客人ですよ」

と告げた。

（京の商人がなにか格別な注文を持ってきたのかしら）

と思いながら尋ねた。

「京から客人ですか」

「いいえ、旅籠木の根屋の姪御さんがおかみさんに会いたいと、作業場の外に待っておられます」

木の根屋と西垣家は柏原の旧家同士、付き合いがあった。

「木の根屋の姪御さんが何の用事かしらね」

うねは戸口に眼をやった。すると十五、六の娘と、傍らに背の高い若侍が立っていた。

その瞬間、うねはどきっとした。若侍の姿が見知っている人に似ていると思ったからだ。

（まさか）

織りかけの機から立ち上がると杼を縦糸の上に置いた。

「木の根屋さんの姪ごさんって、篠山の旅籠の娘さん」

と言いながらうねは、二人のもとへと歩いていった。

縦糸の間を杼が走る珍しい光景を見ていた若侍が、うねに視線を向けた。若侍は顔に幼さを残していた。そして、うねの知る人に似ていた。

(やはりそうかもしれない)

うねは思った。

「赤目駿太郎と申します。父は須藤平八郎、母は小出お英でございます」

と若侍がはっきりと名乗った。

「駿太郎さん、と申されましたか」

須藤平八郎とお英の赤子がなんと若侍のように立派に育っていたことに、うねは身が震えるほどの感動を覚えた。

幼い顔は、若き日の須藤平八郎にそっくりだった。平八郎の子どもの折の姿と言われればその通りだろうとうねは思った。

しばし言葉が浮かばなかった。

「江戸より養父養母といっしょに篠山に母上の墓参りにきました」

駿太郎が言った。

その言葉を聞いたとき、うねの両眼からぼろぼろと涙が零《こぼ》れ落ちてきた。

小籐次とおりょうは、武家地の一角にある田ステ女の生家に佇んでいた。

「おまえ様、ステ女様は私にとって歌人の、俳人の憧れの女性《にょしょう》、偉大なる先達でございます」

「それほどのお方か」

「夫の田季成様と詠んだ連句の一部です。『吹風《ふくかぜ》と松にあやかれ時鳥《ほととぎす》』とステ女様が詠み、『おもふとちはなす間もなく鳥鳴て』と夫の季成様が返されました。いかがですか、わが君」

「おりょう、わしは一介の研ぎ屋じゃぞ。俳諧の素養などあるものか。うーむ、『松風と松にあやかれ……』、最後はなんであったかのう」

「松風ではございません。『吹風と松にあやかれ時鳥』でございます」

「そうか、松風ではのうて吹風か、確かに雅に聞こえるがのう、いま一つわしには理解がつかぬぞ、おりょう」

「では、こちらはどうです」

おりょうが短冊を襟元から取り出して小籐次に見せた。そこには、

「酒一升九月九日使い菊」

とあった。

「おお、天引峠でそなたがわしに告げた句じゃな。なに、これもステ女どのの句か」

「はい、十歳の折、店の帳簿の端に記されたものです」

「なに、思いついて手近にあった帳簿にいたずら書きをしおったか、幼きステ女はあれこれやりおるな」

ふっふふ、と笑ったおりょうが、

「雪の朝二の字二の字の下駄のあと」

「おお、これは分かりやすいわ」

「六歳の折、詠んだものです」

「ほうほう、六歳でこれか。分かりやすくて実によい」

「で、最前の俳句はどう解釈なされましたな」

「酒一升か、格別の意味があるのか」

「十歳のステが親類の酒屋を訪ねると、店番がおりません。とそこへ、近くの女

衆お菊さんが重陽《ちょうよう》の節句を祝うて飲む酒を買いにきたそうです。そこでステはお菊さんに一升酒を渡し、帳簿に『酒一升九月九日使い菊』と書き留めたのです」

「な、なんと無粋に菊に酒を掛売りしたとは書かずにかように五七五を詠んだか。よく見れば、おりょう、ステと菊が一升酒を買うためにやりとりする光景が目に浮かぶわ。いや、それればかりか季節は重陽の節句、使いの者の名が菊と出来過ぎているようじゃが、夕べにこの一家が酒を酌み交わす団らんも想像できるな」

と小籐次が感心した。

「ほれ、わが君は歌心をお持ちです」

「じゃが、おりょうの発句に上手には返せんでな」

「望外川荘《ぼうがいせんそう》に戻ったら、久慈屋のご隠居の五十六様と机を並べて、歌を学びませぬか」

うーん、と小籐次が唸った。

その瞬間、しばらく感じなかった殺気が籠った監視の、

「眼」

を感じた。

小籐次は赤穂藩森家が偶《たま》さか小籐次一家を見かけて事に及ぶ話ではない、やは

り小出家が動いていることかと確信した。

そんな思いも知らぬげにおりょうが、

「なき人の別れをしたふ袖の上に涙もとしもとまらざりけり」

と詠んだ。小籐次はまた理解がつかなかった。

「ステ女様四十二歳のとき、夫季成様が亡くなられ、夫を偲んで詠《うた》われた和歌にございます」

「おりょう、わしが先に身罷るのは齢の差からいってもごく当たり前のことよ。おりょうもな、わしのために哀しみを詠んでくれればよかろう」

「酔いどれ様には辞世の句は要りませぬので」

「わしか」

としばらく考えた小籐次が、

「生涯に呑み尽くしたき下り酒、ではどうだ」

と思い付きを口にするとおりょうが微笑みかけ、

「わが君には酒への執着が未だございます、辞世の句は当分必要ないようですね」

と弟子入りをこれ以上勧めても無理かと諦めた。

四

小籐次とおりょうは、歌人にして俳人の田ステ女の面影を追って柏原城下のあちらこちらを訪ねる先々でステ女の新たな「伝説」を聞かされた。おりょうは先達の偉人の生地を存分に楽しんだ。

二人が木の根橋に戻ってきたのは七つの刻限であった。奥村川のせせらぎに太鼓やぐらの大太鼓、その名も「つつじ太鼓」の時報が響いてきたから、二人は半日が過ぎたことを悟った。

すると木の根橋の袂にほっそりとした女衆が手に包みを持って立っていた。そして小籐次とおりょうを見ると会釈し、

「赤目小籐次様、おりょう様でございますね」

と質した。その挙動におりょうが、

「西垣うね様では、ございませんか」

「はい、小出お英様の乳母を務めていたお咲の従妹の、うねでございます」

ただ今の幸せな暮らしを顔に映した相手がおりょうに答えた。

「本日は、駿太郎がお邪魔して、ご迷惑であったのではございませぬか」

おりょうがそのことを気にかけた。

「おりょう様、思いがけなくも楽しい刻限を過ごさせてもらいました。まさか須藤平八郎様とお英様の遺児駿太郎様に丹波でお会い出来るなんて、努々思いもしていないことですもの」

「それはようございました」

おりょうも小籐次もうねが駿太郎を旅籠木の根屋に送ってきたのかと考えていた。

「駿太郎様は、よい養父様と養母様に恵まれ、素直な若様にお育ちです。それもこれもお二人のお蔭かと、あの世で須藤様とお英様が満足しておられるお顔を思い浮かべました。むろん従姉のお咲も、きっとあの世でそう申しておりましょう」

「うねどの、駿太郎がだいぶ長居をしたようじゃな、われらが付添うべきかどうか悩んだがな、お鈴さんを案内方にそなたのもとへ訪ねさせてよかったようだ」

「赤目様、お鈴さんも遠慮して、私と駿太郎様だけで、お昼をはさんでお咲従姉《あね》から聞いた話を覚えているかぎり話しました。いえ、私はお英様と須藤様の江戸で亡くなられた経緯《いきさつ》を知りませんでした。駿太郎様からお英様が赤子の駿太郎様を庇《かば》って命を落とされたとお聞きして、涙が止まりませんでした。従姉の奉公先小出家の悪口を申したくないのですが、あの屋敷ではなにがあっても不思議ではございません」

とうねが言い切った。そして、

「長い間気掛かりであった駿太郎様が立派にお育ちになっていることを知り、なんとも嬉しい日でございました」

「うんうん」

と頷いた小籐次が、

「そなた、駿太郎からなぜわしが養父役を務め駿太郎を育ててきたか、経緯を聞かされたであろうな」

「はい」

とだけうねは返事をした。しばし間があって、

「駿太郎様は、『私には実の両親とただ今の父と母の四人がおられるのです。他人がこの話を聞かされれば、なんと不運な育ちと思われるでしょう。違うのです、実の父が心地流の剣術家であったこと、そして、育ての父が天下の赤目小籐次で

あったことを、駿太郎は誇りに思います』とはっきりとこのうねに申されました。

赤目様、おりょう様、幾たびでも申し上げます。駿太郎様は、須藤平八郎様とお英様のよきところを受け継ぎ、ただ今の養い親の赤目小籐次様とおりょう様の育て方のお蔭で実のご両親が生きられなかった生涯を歩んでおられます。

赤目様、おりょう様、有り難うございました。矢代の少音寺へ江戸から墓参に見えたと聞かされたとき、私は嬉し涙を流しました」

「うね様、駿太郎と私どもが真の親子になるために丹波への道中をしてきたのです」

「おりょう様、あの世から須藤様とお英様がきっと三人の旅を見守っておられます」

うねが言い切り、手にしていた紙包みをおりょうに差し出した。

「私が織った丹波木綿でございます。駿太郎様がわが家を出る折にうっかり渡し忘れておりました。おりょう様は田ステ女様と同じ歌人と駿太郎様からお聞き致しました。よろしければ丹波木綿をお受け取りになって頂けませんか」

「うね様は丹波の女衆が代々織り続けてきた木綿を織る名人とお聞きしております。さような貴重なものを頂いてよろしいのですか。

本日、駿太郎のために時をさいてお話し頂いただけで、私どもは丹波を訪ねた甲斐がございました。ステ女様の生き方はこのりょうの憧れにございます。駿太郎と同様に私も丹波柏原を堪能させて頂きました。うね様にお礼を申し上げます」

とおりょうが応じたとき、喜多谷六兵衛が若い侍といっしょに木の根屋に走ってくるのが見えた。

二人の血相が尋常ではないことが小籐次には知れた。

「六兵衛どの、どうなされた」

「おお、赤目様、そちらに居られたか」

旅籠の門の前から六兵衛と若侍が木の根橋の三人のもとへ急いできた。

「赤目様、過日来赤目様方の行動を見張っておる者は、小出雪之丞と判明致しました。この者は小出家をそれとなく見張らせていたそれがしの配下篠崎悟一郎にございます」

と六兵衛が言った。

雪之丞の名を聞いたうねが驚きの声を洩らした。

「赤目様、この者は」

喜多谷がうねのことを気にした。

「小出お英どのも須藤どのも承知のお方じゃ。西垣うねさんじゃ」

と小籐次が六兵衛に身許を告げると、

「雪之丞とは、お英様の兄上様のことでございますね」

とうねが六兵衛に尋ね返した。

「おお、その小出雪之丞だ。父親の貞房どのは、長年座敷牢に閉じ込められておったが、この夏に身罷ったそうじゃ」

「なに、貞房どのは座敷牢で身罷ったか、いたわしや」

「小出家では先代貞房どのの死を藩に届けておらなかったのです。ゆえにそれがしも知りませんでした」

「そんな折にわれら一家が篠山を訪ねたか」

「はい。駿太郎どのもいっしょと聞いて、雪之丞は良からぬことを考えたのではございませぬか」

「われらに危害を加えると申すか」

「いえ、雪之丞だけでは天下の赤目様に太刀打ちできるわけもございますまい。

雪之丞は、福知山城下に神明無想東流《しんめいむそうとう》の達人、生涯に千人の武芸者を斃すと豪語する鶴我《つるが》美作守《みまさか》武蔵と称する剣術家が滞在しておると聞き、福知山に走り、赤目様を斃す刺客としてこの鶴我なる剣術家を雇って、柏原まで同道してきておるのです」

「愚かなことをいつまで繰り返すや」

小籐次が吐き捨てた。

「もはや小出家は終わりです」

と喜多谷六兵衛が言い、

「駿太郎どのは旅籠におられますか」

「いや、知らぬ」

小籐次が答えるのを聞いたうねの顔色が変わった。

「最前柏原八幡宮の石段を登っていく二人のお武家様がおられましたが、ひょっとしたらあの一人が小出雪之丞様かもしれません」

うねが言い出した。

「うねさん、旅籠には駿太郎はおらぬのじゃな」

「おられません。なんでもお鈴さんの案内で八幡宮にお参りに行かれたと聞きました。ああー」

と最後はうねの口から悲鳴が洩れた。

「六兵衛どの、柏原藩の同役どのに知らせてくれぬか」

と小籐次が他藩の城下で血を流す行為を恐れて願った。頷いた六兵衛が、

「篠崎、柏原陣屋に御番頭の木屋丙左衛門どのを訪ねて、このことを告げよ」

と命じた。

喜多谷六兵衛としても、もはや柏原城下に小出雪之丞と刺客の鶴我美作守武蔵なる武芸者が入り込んでいるとしたら、木屋の手を借りたほうがよいと判断したのだろう。

「はっ」

と命を受けた篠崎が駆け出すのを見た小籐次が、

「参ろうか」

と残りの者たちといっしょに、大ケヤキの木の根橋から石段下の鳥居が見える柏原八幡宮へと向った。その中にうねもいた。

柏原八幡宮は、万寿元年（一〇二四）、京の石清水《いわしみず》八幡宮の別宮《べつぐう》として勧請されたものだ。木の根橋からさほど遠くないところにある曲がりくねった石段を登

りつめると、大鳥居の向こうに檜皮葺《ひわだぶき》屋根の本殿と拝殿が堂々とあった。

駿太郎はお鈴に案内されて柏原の氏神様ともいえる柏原八幡宮に拝礼した。実母のお英の幼い折のことなどをうねから聞かされ、これまでお英の印象が希薄だったものが実感として受け入れられたことに感謝した。

「お鈴さん、有り難う。お陰様で実の母の思い出話をたくさんうねさんから聞きました」

「駿太郎さん、このことは駿太郎さんによいことなのよね」

とお鈴が心配げな顔で尋ねた。

「もちろんよきことです。私には父上が二人、母上が二人おられます。血は繋がっていませんが赤目一家の三人の絆はこの旅で盤石になりました」

駿太郎が答えたとき、背に嫌な悪寒が走った。

振り向くと二人の武士が立っていた。一人はひ弱そうな武家で、もう一人は優に六尺五寸はありそうな巨体と殺伐とした顔の主であった。また腰に差した朱塗の大刀は刃渡り三尺に近い代物だった。

「駿太郎じゃな」

とひ弱な武家が質した。

「いかにも赤目駿太郎にございます」

「いや、そなたの本当の名は小出駿太郎じゃ、ただ今より身どもといっしょに篠山に戻ろうぞ」

「どなた様でございますか」

「駿太郎、そなたの伯父の小出雪之丞じゃ」

「小出様、わが父は赤目小籐次、母はりょうにございます。むろん実母が小出お英様と承知しておりますが、そなた様とは関わりございません」

「ぬかせ。そなたは小出家の跡目を継ぎ、老中青山忠裕様の家臣として出世間違いなしじゃぞ」

「なんぞ思い違いをなされておられるようですね。失礼致します」

駿太郎は言い放つとお鈴の手を引いて、二人から離れようとした。

「刀にかけても行かせぬ」

雪之丞が刀の柄に手をかけた。

「小出様、そなた様は未だ篠山藩の家臣にございましょう。隣藩の柏原藩の八幡宮の境内で刀を抜かれますか。かような行いをそなた様の主様がお許しになると思われますか、お止しください」

駿太郎が諭すようにいうと、その言葉に却って血迷ったか、雪之丞が刀を抜き放って詰め寄った。

駿太郎は、お鈴の手を離すと一気に雪之丞との間合いを詰め、手刀で手首と首を、
ばしりばしり
と素早く叩いた。

雪之丞がくたくたと倒れ込んだ。

「わが雇い主の愚かなことよ」

巨漢の武芸者が吐き捨てた。

駿太郎はその者に一礼すると、

「失礼致します」

「ならぬ」

と巨漢が言った。

「そのほうの父親は『御鑓拝借』騒動の立役者赤目小籐次じゃな」

「いかにもさようです」

「ならばそのほうを餌に赤目を誘《おび》き出そうぞ」

と巨漢が言い放った。

すると、大鳥居の陰から朗々とした声が響き渡った。

「鶴我美作守武蔵とはこけ威《おど》しの偽名か。赤目小籐次は誘き寄せずともすでにそなたの背後におるわ」

小籐次が姿を見せた。そして、背後から喜多谷六兵衛がおりょうとうねといっしょに現れた。

「うむ、そのほうがあの赤目小籐次か」

鶴我は小籐次の小さな体と齢を食った姿に問い直した。

「いかにもさよう。そなた、生涯に武芸者千人斬りが望みじゃそうな。これまで何人と戦ったな」

「百と七十五人じゃぞ」

「話半分としても八十数人の命を奪うなど許し難し」

と小籐次が言い放った。

そのとき、本殿の背後から柏原藩御番頭の木屋丙左衛門が数人の配下とともに姿を見せて、

「赤目様、かように血に飢えた狼は始末するにかぎります」

と言い放った。

「となれば、鶴我美作守武蔵とやら、そなたの命運も尽きたな」

五尺一寸を切った小籐次がすたすたと鶴我との間合いを詰めていった。

六尺五寸の巨漢が刃渡り三尺に近い大業物《わざもの》を抜き放ち、八双に構えた。

小籐次は生死の境を眼前にしても歩みを緩めない。

「己、蔑みおるか」

鶴我が大業物を振り翳して踏み込み、間合いを見計らって斬り下ろした。

一瞬、柏原八幡宮の本殿前の乾いた秋風を刃が切り裂いて、すたすたと歩み寄る小籐次の脳天を一撃したかに思えた。小籐次の戦いを初めて見る人々は、

(嗚呼《ああ》、赤目小籐次が斬られた)

と思った。

次の瞬間、小籐次の腰間《ようかん》から次直が光に変じて巨漢の脇腹から胸へと殺到し、深々と斬り上げた。

鶴我美作守武蔵は、わが身に起こったことが信じられない顔をしていた。だが、大きな体から力が抜けていき、八双から斬り下ろそうとした三尺近い豪剣が手から、

ぽろり

と石畳に落ちて転がった。

「な、なにが」

「なにが起こったかと問うや」

「い、いかにも」

「来島水軍流正剣二手、流れ胴斬り」

「な、なんということが」

鶴我の巨体が崩れ落ちていった。

「木屋どの、柏原藩をお騒がせ申したな。この勝負、柏原藩とも篠山藩とも関わりなし、赤目小籐次の前に現れた狂犬をこの爺が始末したことにしてはくれぬか」

「赤目様、それがし、恥ずかしながら震えが止まりませぬ。天下の酔いどれ剣法とくと拝見いたしましてございます」

「大した勝負ではないわ」

「赤目様に申し上げます。それがし、柏原藩町奉行岩出龍五郎にござる。赤目様が始末なされた狂犬鶴我美作守武蔵なる者の悪行、山陰筋からわが藩にも頻々と伝わってきております。こやつの始末、この柏原藩が付けてようございますか」

「お頼み申そう」

と小籐次が言い、

「喜多谷どの、もう一人のご仁じゃがどうするな」

「この者は篠山まで送り、篠山にて始末を決しとうございます」

と喜多谷六兵衛が応じた。小籐次が頷くと六兵衛が柏原藩の面々に、

「この者のこと、お忘れ頂きたい」

と願った。

しばし木屋と岩出が話し合い、

「われら、鶴我某《なにがし》が赤目小籐次様に斬りかかり、反対に赤目様の反撃にて一命をなくしたこととしか見ておりませぬ」

と木屋が六兵衛に応じた。

無言で一礼した六兵衛が配下の篠崎悟一郎に目顔で合図すると、未だ意識を失ったままの小出雪之丞を軽々と肩に担いで柏原八幡宮の石段を下り始めた。

小籐次は手水所の水を竹柄杓で汲んで、血に濡れた次直の刃にかけて洗いながら、

（そろそろ柏原を発って篠山に戻らねばなるまいな）
と考えていた。

第四章　篠山の研ぎ師

一

江戸の芝口橋に店を構える久慈屋の前から始まった行列は、橋の南側芝口一丁目を越えて二丁目のほうまで伸びていた。

老中青山忠裕が酔いどれ小籐次親子の研ぎ姿を模した人形をお忍びで見物に来たというので、次の日、

「某老中お忍びで酔いどれ小籐次親子の人形を見物」

と書いた読売を空蔵が江戸じゅうで売り出したものだから、この日の昼下がりから行列がさらに長くなった。その長さに驚いた久慈屋では町奉行所に、

「往来の邪魔になりませぬか、邪魔になるようならば酔いどれ小籐次親子の人形

を引き下げ、催しを中止しますが」

とお伺いを立てた。

南北両町奉行所で協議した結果、

「いまのところ騒ぎが起こっておるわけでなし、急に酔いどれ小籐次人形を下げたら、却って騒ぎが起きよう。なにより毎日浄財が集まり、その金額を記入した酔いどれ浄財帳といっしょに十日ごとに町奉行所に金子が届けられることになっておるのだ。久慈屋が懐に入れているわけではなし、商いに差し障りすら出ておるにも拘わらず、奉公人らが行列の整理に奔走しておると聞いておる。南北町奉行所でも臨時に同心らを出して往来に支障がなきように加勢致す」

ということでこの催しは続行されることになった。

当然の返答だろう、なにしろ十日ごとに二十両余の金子が浄財として届けられるのだ。町奉行所にとってありがたい話でこそあれ、差し障りのある催しではない。

秋の気配が深まりゆく中、酔いどれ小籐次人形の前の行列に新兵衛が婿の桂三郎と孫のお夕に手を取られて並び、一刻以上も待った末に二体の人形と対面した。

新兵衛は、酔いどれ小籐次の人形の前にしゃがみ込み、かなり長いこと人形の

顔を睨んでいたが、

「ほう、この人形がそれがし赤目小籐次を模したものか、なかなかの出来であるな。それがしにそっくりである」

と感嘆の声を洩らした。

新兵衛を知らない見物人の一人が、

「爺さん、呆けたことを言わないでよ、さっさと拝んで賽銭を上げて、おれたちに譲ってくんな」

と文句をつけた。

新兵衛に付き添った桂三郎が恐縮しながら頭を下げ、

「申し訳ございません。舅《しゅうと》は、言われるとおりいささか呆けが生じております。ただ今急ぎお参りを済ませますので、もうしばらくお許しを」

と願った。

新兵衛が酔いどれ小籐次親子の人形を見たいと言い出したのは昨日のことだ。

版木職人の勝五郎が、

「酔いどれ様よ、おまえさんの人形が久慈屋の店先に飾られて、えれえ評判だよ。当人なんだからよ、酔いどれ人形と対面したらどうだ」

と嗾《けしか》けたことに端を発していた。桂三郎もお麻も、

「芝口橋に舅を連れていったら騒ぎになりますよ」

「勝五郎さん、うちのお父つぁんをどうしようというのですか」

と文句を言ったが、当の新兵衛が、

「いや、それがしの人形ならば見る」

と頑固に言い張って、桂三郎とお夕が仕事を休んで行列に並んだというわけだ。

「なに、呆けた舅を連れてきたって。致し方ねえな。でも、この行列だ、秋風が吹いているとはいえ、長いこと待っているんだ。他の年寄りが倒れるなんて騒ぎが起こらないうちになんとかしてくんな」

職人風の男が桂三郎に注文をつけた。

その言葉を聞いた新兵衛の顔付きが変わった。腰に差した木刀の柄に手をかけ、

「これ、下郎、それがしを模した人形に当人の赤目小籐次が挨拶しておるのだ。なんぞ文句があるか。返答次第ではこの次直でそのほうの首を打ち落としてくれん」

とよろよろと立ち上がり、職人風の男を睨んだ。

「おいおい、わけの分からないことをいうんじゃねえぜ。だれが赤目小籐次よ、

爺さん」

「おのれ、抜かしおったな。来島水軍流の達人赤目小籐次、抜く手は見せぬぞ」

と新兵衛が構えたものだから、職人が怒鳴り返そうとした。

桂三郎とお夕は、職人に必死に頭を下げて、

「直ぐに立ち退きます」

と詫び続けた。そこへ長い行列の産みの親の一人、読売屋の空蔵が職人に、

「おまえさん、この界隈の住人じゃないな。この新兵衛さんはよ、赤目小籐次様が長いこと住まっていた長屋の差配だった人だ。数年前からさ、呆けが高じてよ、同じ長屋に住んでいた赤目小籐次は、自分だと思いこんでいるんだよ。悪気があってのことじゃないんだ、許してくれないか」

と執り成した。

「なにっ、この爺さん、赤目小籐次のなりきりか。するてえと偽の赤目小籐次が、酔いどれ小籐次人形を見物にきたのか」

「そういうわけだ」

と空蔵が頷き、職人も得心した。それを見た新兵衛が行列に向って、

「それがしの人形を見物に参られたご一同、赤目小籐次から一言ご挨拶を申し上

げる。ご苦労であったな。本物の赤目小籐次がおるのじゃ、人形より本物を拝んだほうがよくはないか」

と胸を張った。

「爺ちゃん、皆さんが待っていらっしゃるよ。もう酔いどれ様の人形を見物したでしょ、長屋に戻りましょう」

とお夕が手をとり、桂三郎がなにがしか銭を二つの洗い桶に入れて新兵衛を脇にどかせようとした。だが、新兵衛は、

「赤目小籐次がわが人形と対面しておるのじゃ、もうしばらく見物していこうぞ」

と言い出した。すると酔いどれ親子人形の背後に控えていた国三が、

「これは、これは、赤目小籐次様、たってのお願いをお聞き届け頂き、久慈屋までご来駕恐縮至極にございます。主の昌右衛門が一服茶を供したく、あのように大番頭観右衛門も店で待っております。ご多忙とは存じますがどうかあちらにお越し願えますか」

と店の奥を差すと、国三の言葉を満足げに聞いた新兵衛を、桂三郎とお夕が急いで店の中へと連れ込んだ。

「ぶっ魂消たな。ほんとうに赤目小籐次なりきりの爺様がいるのか」

と最前から新兵衛に文句をつけていた職人風の男が、呆れ顔で新兵衛の背中に視線を送った。

「いつもはな、長屋の庭で大人しく研ぎ仕事をしているんだがさ、余りにも酔いどれ人形の評判がよいてんで、ご当人赤目小籐次様のお出ましだ。これもさ、酔いどれ小籐次の功徳と思って許してやんな」

空蔵が応じた。

「事情を知らねえもんだからよ、偽の小籐次に注文つけちまったよ」

とぼやきながら男が懐から巾着を出し、銭を数文ずつ二つの洗い桶に投げ入れようとして、

「おっ、賽銭箱代わりの洗い桶になかなかの銭がすでに入っているな。手代さんよ、一体全体毎日いくら賽銭が集まるんだ」

酔いどれ親子人形の背後に控えている国三に尋ねた。

「うちは寺社ではございませんで、賽銭ではございません。皆様のお気持ち、浄財でございます。近ごろでは一日に三両を超えることもございます」

「な、なんだって三両だって。赤目小籐次様がどこぞの貧乏大名の下屋敷に奉公

していた折の給金が三両と聞いたぞ。それも半分しか支払いがなかったそうだな」

「よくご存じですね。職人衆は稼ぎがよいと聞いております。おまえ様の日当とは比べようもございません」

「なにっ、おれの日当より酔いどれ親子の人形に集まる銭が少ないってか。嘘でもいいや、景気がいい話をありがとうよ、手代さんよ」

と応じた男が洗い桶に手にしていた銭を投げ入れた。すると国三が、

「きっと功徳がございます。ただ今の三文ずつの浄財が後々百倍千倍になって戻ってきますよ」

「ふーん、久慈屋も商い上手だな」

と感心しながら人形に向って景気よく柏手を打って、あとの人に代わった。

店先では台所を仕切る女衆のおまつが、

「新兵衛さん、ご信心ご苦労さんだね。栗饅頭だけど食べるかね」

と店の上がり框に腰を下ろした新兵衛の前に茶菓を供した。

「女、新兵衛とはだれのことだ」

新兵衛が栗饅頭を手づかみしておまつに聞き返した。また面倒な問答が繰り返

されそうになったが、さすがは長い付き合いのおまつだ。

「おや、私としたことが赤目小籐次様の名を呼び間違えたよ。赤目様、栗饅頭よりやはり酒がようございましたかね」

と新兵衛に話しかけると、

「近頃な、酔いどれ小籐次も酒が弱くなった。晩酌に一升五合ほどかのう」

と言いながら手づかみの栗饅頭を口に入れた。

「爺ちゃん、久慈屋さんの店先を汚すんじゃないの」

お夕が新兵衛の膝の上に手拭いを広げた。

「お夕ちゃんも桂三郎さんも新兵衛さん、じゃなかったね、赤目小籐次様の面倒をよく見られるわね、感心だよ」

おまつが桂三郎とお夕親子を褒め、

「とんぼつり今日はどこまで行ったやら、ってどなた様かの五七五がなかったかね。望外川荘のご一家はまだ丹波篠山に逗留中かね」

と洩らした。

「いえ、私の勘ではそろそろ篠山を発って江戸に下っておられましょう」

と大番頭の観右衛門が言い、若い主を見た。昌右衛門が首を横に振り、

「大番頭さん、私は未だ篠山に逗留しておられるような気がします」

「えっ、旦那様、未だ篠山でございますか。ということはこの行列は当分続くということですか」

おまつが昌右衛門に尋ね返した。

「天下の赤目様ご一家の水入らずの旅でございますよ、ゆっくりと旅を楽しまれることです。赤目様の留守の間にもかように人々が赤目親子の人形を見物にきて浄財を落としていかれる。それもこれも赤目小籐次様の人徳、お人柄のなせるわざにございましょう」

若い主の言葉に栗饅頭を食い終えた新兵衛が満足げに頷いた。


赤目小籐次一行は七日ぶりに篠山城下に戻ってきた。

おりょうの道中囊にはうねが織った丹波木綿が入っていた。

おりょうは鐘ヶ坂峠を柏原藩の乗り物で越えたために、往路と違い一日で篠山に帰りついた。それも七つ前のことだった。

長逗留になったのは、柏原八幡宮で小籐次が斃した鶴我美作守武蔵なる浪々の武芸者のあと始末に柏原に残らざるを得なかったからだ。

柏原藩町奉行の岩出龍五郎や御番頭の木屋丙左衛門らの尽力で鶴我の悪行を暴き出し、鶴我を斃したのは赤目小籐次ではなく、柏原藩の町奉行所の手の者が致し方なく斬り捨てたという体をとり、始末をつけたのだ。

「赤目様、だいぶ予定を超えてしまいましたな」

と案内役の喜多谷六兵衛がほっと安堵の顔で小籐次に話しかけた。

「喜多谷様、わが夫の旅は心積もりがあってないのが、いつものことにございます。私は存分に柏原行を楽しませて頂きました」

小籐次に代わっておりょうが答えた。

「駿太郎さんはどう」

お鈴が駿太郎に聞いた。

「私ですか、母上のように楽しんだとは言い切れません。ですが、大変大事な旅であったことは確かです」

「実の母上、お英様のことを知ることができ、お墓参りも済ませましたものね」

「はい」

と答えた駿太郎がしばらく沈黙していたが、

「お鈴さん、実の母のことを知って、わが一家の絆がさらに深まりました」

と言い切った。

小籐次とおりょうが無言のまま首肯した。血の繋がらない三人の一家は、この旅で血よりも強い信頼をそれぞれが得たのだと六兵衛もお鈴も得心した。

(これ以上の旅はあるまいな)

と己を得心させた小籐次は、

(いや、篠山でもう一つ為すことがあったな)

と思い出していた。

「父上」

と一行の先を歩いていた駿太郎が足を止めて小籐次に教えた。駿太郎の視線の先に、

「研ぎなんでも承ります　研ぎ師次平」

と手書きの古びた看板が見えた。

「おお、篠山の研ぎ屋か、覗いてまいろうかのう」

小籐次と駿太郎が研ぎ師次平の店の前に立った。

間口は三間半か、奥行き一間の土間に接して板の間があり、研ぎ台が二つあった。そして、一つの研ぎ場で小籐次と同じ歳のころと思える職人が鋸《のこぎり》の目立てを

していた。研ぎばかりではなくて、鋸の目立てのような仕事も請け負うらしい。

だが、主の背の棚には砥石ややすりなど綺麗に手入れされた道具が並んでいた。

その砥石の数からみて、刀研ぎもするのかと小籐次は推量した。

「ご免」

と小籐次が声をかけた。すると真白なヤギ髭の老人が顔を上げた。しばらく小籐次ら一行を見ていたが、

「研ぎの注文か、刀研ぎはうちはしねえ」

「次平どのとはそなたか」

「わしが四代目の研ぎ師次平ですよ、お侍さん」

次平は御番頭の喜多谷六兵衛の顔を承知か、篠山藩の家臣を気にしながら小籐次に答えた。

「わしもな、研ぎで生計を立てておるのだ。そなたと同業じゃ」

「この城下でか」

と次平が返し、首を捻った。

「次平、それがしを承知じゃな。このお方は」

と説明しようとした六兵衛を制して、

「篠山ではない。江戸でな、研ぎ仕事をしておる」

「なに、江戸でじゃと。待て、お城に江戸から酔いどれ様とか呼ばれる客人が来ておると聞いたが、そなたが赤目小籐次様か」

と次平が小籐次に尋ね返した。

「いかにもわしが赤目小籐次じゃ」

「研ぎ師でもあるのか」

「亡き父に叩き込まれた芸の一つでな、ただ今はわしの倅の駿太郎に教えておる最中じゃ」

「その赤目様がなにか用か」

「すまぬがわしに研ぎ場と大事な砥石を貸してくれまいか」

「そなた、江戸におられる殿様の客人であろう、城中にも研ぎ師はおられる。篠山まできて、なんの研ぎをしたいのか」

「わが刀の手入れがしたいのじゃ」

「ほう、刀研ぎまでされるか」

頷くと次平が小籐次に刀を見せてもらいたいと言った。

小籐次は下げ緒を解くと次直を抜いて次平に渡した。すると次平が次直を両手で神棚に向って捧げ持ち、そのあと、傍らに置くと洗い桶の水で手を洗って腰に下げた手拭いで丁寧に拭った。その上で改めて次直を手にすると、鞘尻を研ぎ場の無人の一角に向けて、そろりと抜いた。

次平は鎺《はばき》から鋩《きっさき》へとじっくりと見た。

「二尺一寸三分か、なかなかの逸品じゃな。わしの親父ならば刀の目利きで手入れも出来たがのう」

次平は次直に漂う血の臭いを嗅ぎ取ったように言った。

「わが先祖が戦場《いくさば》から拾ってきたと言い伝えられておるが真のところは分からぬ。備中国《びっちゅうのくに》次直じゃそうな」

「次直に間違いあるまい」

と明るくも冴えた地鉄《じがね》は小板目、刃紋は逆丁字《ちょうじ》を丹念に見た次平が言った。

「赤目小籐次様とは、『御鑓拝借』以来数多の勲《いさお》しの主じゃな」

「江戸から流れてきた噂話を信ずるか」

「ならばすべて流言か」

「そうとも言い切れぬ」

「人を斬った次直の手入れがしたいといわれるか」

「まあそういうことじゃ。己の道具を他人に任せられぬでな」

「天下の酔いどれ小籐次様の頼みを断われる者はそうおるまいな、喜多谷様」

次平が六兵衛に言葉を振った。

「赤目様、道具は好きなように持っていきなせえ」

「いや、それがし、そなたの研ぎ場を借り受けて仕事がしてみたいのだ」

「いつからじゃな」

「ただ今から」

呆れたという顔で次平が小籐次を見て、

「好きにしなせえ」

と言った。

「六兵衛どの、二人の女衆を先にお鈴さんの実家に送っていってくれぬか。それがしと駿太郎は、しばしこの研ぎ場を借り受けるでな」

と小籐次が言い、なにかを言い掛けた喜多谷六兵衛に、

「喜多谷様、私ども先に旅籠の河原篠山に帰らしてもらいましょうか」

と小籐次の行いをつぶさに承知のおりょうが言った。

二

小籐次と駿太郎が河原町のお鈴の実家の旅籠に戻ってきたのは六つ（午後六時）の刻限であった。すでに秋の陽は山陰に落ちて篠山城下に宵闇が訪れ、虫たちが競い合って鳴いていた。

迎えを受けた小籐次の腰には脇差のみがあった。次直の下地研ぎをしただけで本式の研ぎは明日なすことにしたいと言うと、次平が、

「好きなように使いなされ」

と研ぎ場を使うことを許してくれたのだ。

研ぎ師の次平は、小籐次の刀の扱いと下地研ぎを見て、研ぎもさることながら刀への愛着を感じとり、同時に赤目小籐次に関心を抱いた風があった。

「次平どの、駿太郎に研ぎの基は教え込んである。明朝からお城の剣道場で朝稽古に参ることになるが、帰りに親子でこちらに立ち寄ってもよいか」

「好きなようにしなせえ。明日からが楽しみじゃ」

と次平が答えた。

小籐次と駿太郎親子を出迎えたお鈴が、

「喜多谷様はおりょう様をうちに送られてお城に向われました」

と報告した。

六兵衛は、日帰り予定の矢代の墓参が七日にも延びたことへの言い訳と、柏原での篠山藩の筋目小出雪之丞の行状を報告するために城へ戻った。

筋目の小出家の処遇は、城代家老小田切越中だけでは決められないと思えた。当然、小田切は六兵衛の帰城を待って詳細な報告を受け、江戸の藩主青山忠裕の意向を伺うのだろう。

「研ぎ屋はいかがでしたか」

お鈴が尋ねた。

「明日それがしの刀を仕上げ研ぎすることになった。お鈴さん、そなたの家は旅籠じゃ、研ぎに出す刃物はないか。次平のもとへ届けてくれれば、親子で研ごう。むろん次平の商いの邪魔は致さぬつもりだ」

次平のところでは一月分ほどの刃物や鋸が手入れを待っているという。

小籐次は次直を研ぎ終えたら、駿太郎と一緒に溜まっている刃物の研ぎを手伝おうと思っていた。

「赤目様は江戸で研ぎ屋をなされていると聞きましたが、真のことであったのですな。おりょう様から聞いてびっくり致しました。紙問屋様の店先に研ぎ場をお持ちとか、その他にも得意先が何か所もあるそうな。天下の武芸者がさようなことをしておられることに驚きました」

お鈴の父親の百左衛門が感嘆した。

「研ぎは剣術といっしょで亡父から叩き込まれたものでな」

「なんとその他にも竹細工やらあれこれと芸をお持ちだそうな」

「おりょうが話したか」

「おりょう様は、柏原城下で歌人の田ステ女様の行跡に触れたとか。矢代から柏原に回られたことを喜んでおられましたぞ」

「おりょうは疲れてはおらぬか」

「湯を使われて赤目様と駿太郎様のお帰りをお待ちです。赤目様方もまず湯に浸かって旅の疲れを流してください」

主の百左衛門とお鈴に言われて親子は、旅籠の湯殿に直行した。

かかり湯を使い、檜の湯船に浸かった小籐次が、

「駿太郎、篠山を訪ねてきてよかったのう」

と話しかけた。

「はい。産みの親のお英様が駿太郎には身近に感じられるようになりました」

「大事なことよ」

「父上も母上も私がうねさんに会って話を聞いたことを尋ねられませんね」

駿太郎が不意に話柄を変えた。気掛かりであったのだろう。

「わしとおりょうに話したいか」

「話したい気持ちもあります」

「駿太郎、お英様のことはしばらく駿太郎の胸に留めて大事に致せ」

小籐次の言葉を聞いた駿太郎が、はい、と素直に頷いた。

「残るは一つ」

小籐次の呟きに駿太郎が、

「父上須藤平八郎様のことですね」

と小籐次に尋ねた。

研ぎ師の次平は、馬廻役百十三石の須藤平八郎のことを承知していた。

篠山藩の領地は五万石ながら家臣と領民合わせて六万足らずだ。城下ならば身分違いであってもおよその人間が顔見知りだった。

「篠山藩では馬廻役とはどのような役目かな。わしは西国のさる小藩の厩番をしておったが、さような下士扱いの役目ではあるまい」

「赤目様、お城に馬出なるものが外濠に突き出しておるのを承知ですな」

「篠山城の他にそう沢山はあるまい」

「馬出は戦になれば馬をおいて鎧兜《よろいかぶと》に身を固めて押し出すための溜まり場でございますがな、もはや戦はございません。馬廻方須藤平八郎様は東馬出、南馬出など各馬出を差配するお役目でございまして、家禄百十三石ながら馬を扱うというので、お城のおえら方は馬廻方をさほど重要な役目とは思っておりません。そんなわけで須藤様はよう一人で遠乗りに出かけておりました。わしの推量じゃが、城中にて朋輩と時を過ごすより馬と過ごされるほうが、気分がよかったのではないですかな」

と次平が言った。

「須藤様は重臣方からさほど認められようとはなされていませんでしたが、剣術の達人でございました。須藤様の刀を研いだ親父が、篠山藩で五指に入る腕前だ、刀の使い方を見ればわかる、といつもいうておりました」

小篠次は須藤平八郎と刀を交えた仲だ。その技量は十分に承知していた。

「馬好きであったのであろう。須藤どのが遠乗りされる場所は決まっていたのであろうか」

話柄を変えた。

「大川（篠山川）を京口橋で越えた八上城趾辺りではございませぬかな。あのあたりで大川に釣りに行った折に見かけました。須藤様の遠乗りは早朝でございましてな、朋輩との付き合いもさほどなかったでしょう。城中ではいささか変わり者とみられておりました」

次平はさようなことまで話した。

「須藤どのと最後に会ったのはいつか」

「須藤様が脱藩する直前のことだと思います。赤目様方のようにふらりとうちに訪ねられて刀の手入れをしてくれぬかと差し出されました。

なにか切迫した様子にわしは思わず頷いて、わしが親父から習った程度の手入れをして差し上げました。その数日後のことです、噂でございますがな、重臣の娘との間に生まれた赤子を連れて篠山を出奔されたというのでございますよ」

次平はまさか須藤平八郎の子がこの場にいる駿太郎とは夢にも考えずに言った。

「須藤様のお相手が身分違いの重臣の娘との噂が真かどうか、研ぎ屋風情にはわかりません」

次平が知る須藤平八郎の話はそんなものだった。

「父上、須藤平八郎様は朋輩衆より馬のほうが気が合うたのでしょうか」

湯船に浸かった駿太郎が実父のことを小籐次に質した。

「わしには須藤どのの気持ちを察するしかないが、人柄からしてな、馬と気持ちが通うのだ。須藤どのが独り遠乗りに出るのを日課としていた気持ちがわしにはよう分かる」

小籐次は旧藩下屋敷で手塩にかけてきた三頭の老馬、赤兎馬《せきとめ》、清高、若泉と別れた箱根路の朝を思い出していた。父が生きていたころからの馬は、豊後国で余生を全うしたであろうか、と感慨に一瞬耽った。

「須藤様は遠乗りに行くことがなにより大事だったのですね」

「馬と過ごすときが愛おしかったのであろう」

と答えた小籐次は、

「こたびの篠山訪問は、われら一家それぞれに新たな見聞をさせてくれたな。それもこれも天のさだめかのう」

と小籐次が呟いたとき、脱衣場に人の気配がして、

「いつまで湯に浸かっておられます。お城に参られた喜多谷様が戻っておまえ様を待っておられますよ」

おりょうが告げた。

「なに、六兵衛どのが城からまた旅籠に戻ってきたとな」

小籐次は厄介ごとでなければよいがと、湯船から上がった。


喜多谷六兵衛は、険しい顔で小籐次と駿太郎を待ち受けていた。

膳が四つ並べられているところを見ると、河原篠山では六兵衛の膳を急ぎ用意したのであろう。

「どうしたな。城代家老様にわれらの案内役の首尾を叱責されたか。日帰りのはずの旅が七日に及んだのじゃからな。そなたの責任ではないわ、われらの我儘《わがまま》じゃ」

と小籐次が六兵衛に先んじて言った。

「いいえ、そういうことではございません」

「では、なんだな」

お鈴が酒を運んできたが、酒を飲む雰囲気ではないことに気付いたらしい。銚子をどうしたものかと迷っていた。

「お鈴さん、そなたもこちらにお座りなさい。どうやら私どもの柏原行と関わりのある話のようですからね」

おりょうがお鈴から銚子を受け取り、傍らに座らせた。

「筋目の小出家が廃絶と」

と六兵衛が途中で言葉を切り、

「ほう、殿の縁戚筋である小出家の廃絶を、城代家老小田切越中様が決められたか」

と小籐次が六兵衛の話を推測した。

「いえ、そうではございません」

「江戸の殿がお決めになることもできまい。昨日の今日のような話じゃからな」

「はい、城代家老が申されるには赤目小籐次どのは殿の信頼厚きお方、こたびも上意状をお持ちで篠山に乗り込んでこられた。その赤目様がお決めになることなれば、江戸の殿も得心されようから聞いてこい、と命じられました」

六兵衛が小籐次の顔を窺うように見た。

「なに、わしに決めよと申されたか。城代家老様は上意の使者にツケを回すおつもりか」

「いえ、そうではございますまい。青山家の縁戚、筋目でありながら失態続きの小出家を急ぎ処断したい。ですが、小田切様だけでは責任がとりきれぬ。ゆえに、赤目様を引っ張り込まれたのではございませぬか」

六兵衛が推量を述べた。

「ばかばかしい話ではないか。柏原藩では篠山藩の筋目が関わる騒ぎに眼を瞑《つむ》ってくれたのじゃぞ。それを思えば城代家老の小田切様とて腹をくくる覚悟が要ろう」

「まあ、そうですが」

六兵衛が煮え切らぬ返事をした。

しばし沈思した小籐次が、

「おりょう、六兵衛どのに酒を注いでくれぬか。われら、五人の柏原行を締めくくる夕餉じゃぞ、まずは酒を飲みながら小田切様の考えが奈辺にあるか皆で考えようではないか」

小籐次の言葉でおりょうが喜多谷六兵衛に杯を取らせ、酒を注いだ。

「恐縮でございます、おりょう様」

六兵衛が小籐次の杯に注ぎ返し、小籐次が最後におりょうの杯に注いだ。

「楽しい旅であったな」

と小籐次が柏原行を振り返った。

「いかにもさよう。柏原八幡宮の一件がなければ万々歳の旅でございましたがな」

「そこよ」

と小籐次がいい、六兵衛とおりょうに献杯して杯を口に持っていった。

「丹波杜氏が造った酒は、天下一品じゃぞ」

と言いながらゆっくりと飲み干した。それを見たおりょうと六兵衛が見倣い、

「美味しゅうございますな」

「旅の終わりの酒とはなんとも名残り惜しうございます」

と言い合った。

「雪之丞の始末は決まったか」

小籐次が話を戻した。

「切腹でございましょうな。なにしろ永蟄居の貞房様の死を藩に知らせるべきところ、小出家では怠っておった。おそらく藩か殿への反感があってのことかと推察されます。そのうえ、こたびの雪之丞の仕儀、それも隣藩を騒がせての不始末です。このことをお知りになられたら、殿も即刻小出家廃絶、当主の雪之丞切腹の沙汰を命じられることは間違いございますまい」

と六兵衛が言い切った。

「その決断をなぜわしが為さねばならぬ」

「上意文に認められたとおり、赤目小籐次の命は殿の命とのお考えです、城代家老小田切様もさよう思うておられるのでございませぬか」

「一家を廃絶し主に切腹を命ずるのはいささか安直に過ぎぬか」

「武家方ならば致し方なき仕儀ではございませぬか」

「六兵衛どのもさような考えか」

「赤目様にはなんぞ他にお考えがございますので」

「小出雪之丞には嫡子はおらぬのか」

小籐次は酒の酔いの中で思案した。

「筋目とは申せ、先代が座敷牢に押し込められておった小出家に嫁にいく女子は篠山城下にはおりませせぬ」

「他に小出家の縁戚はおらぬか」

しばし沈思していた六兵衛が、

「こちらにおられる駿太郎様ならば、江戸の殿も城代家老の小田切様も小出家を継ぐことをお許しなされましょうな」

「喜多谷様、駿太郎はもはや小出家の身内ではございません。赤目小籐次と須藤平八郎様との武士の約定により、赤目家を継ぐことが決まっております。そのための赤目一家の篠山訪問でございました。そのことはもはや喜多谷様がようご存じのはず」

おりょうが険しい口調で言い放ち、

「なんとも迂闊《うかつ》なことを口走りました、お許し下さい、おりょう様」

と六兵衛も慌てて訂正した。

「雪之丞様には嫁御はおられません。さりながら何人も女衆がおられます。そのお一人にお子が」

と言い出したのはお鈴だ。

篠山はさほど大きな城下町ではない。町の老舗旅籠の娘として生まれ、城に行儀見習として奉公しているお鈴の耳には、城中の噂話も巷の流言も入ってくるのだろう。

「雪之丞の子か」

と六兵衛も知らない話か、問い返した。

「はい」

「相手の娘は士分か町人か」

「徒士笹村四郎助様の娘御、お園様です」

お鈴の話は具体的だった。

「雪之丞とお園の間に子がおるのじゃな」

「八歳になる猪一郎さんが」

お鈴に矢継ぎ早に問い質していた六兵衛が、ふうっ、と息を吐いた。

「徒士は独礼とも呼ばれる士分です。笹村家は禄十二石三人扶持です」

と六兵衛が小籐次に説明した。

「小出家は雪之丞に切腹の沙汰が下れば廃絶しか途はないな」

「ということになります」

「お鈴さん、そなた、猪一郎を承知か」

「笹村家とうちはいささか付き合いがございます。ゆえに承知です」

「猪一郎は、どのような子か」

「笹村家にはお園様の弟たちが三人おりまして、猪一郎さんは笹村家の四男として育てられております。快活明朗にして素直なお子です」

小籐次の杯にいつの間にか酒が満たされていた。

おりょうが小籐次と六兵衛の杯に注意して時折、酒を注いでいたのだ。

「小出家を潰せば、篠山藩青山家から譜代の一家が消えてなくなる。最前も申したが潰すのは易し、絶やさぬように継承するのは大変じゃぞ」

「赤目様、所業が所業、雪之丞には切腹しか途はございますまい。赤目様は、雪之丞を切腹させる前に、猪一郎を小出家の養子にして家督を相続させるお考えですか」

「いかぬか、六兵衛どの」

喜多谷六兵衛の返答には十分に間があった。

「赤目様は殿の上意状をお持ちのお方です」

「わしに決めよと申すか」

六兵衛が大きく頷いた。

「明日の朝稽古のあと、城代家老様と四半刻ほど話がしたいと申し入れてくれぬか」

「畏まりました」

と六兵衛が受けた。

三

翌朝、久しぶりに赤目小籐次と駿太郎親子は篠山藩剣道場に姿を見せた。

六つ前のことだ。

冬が段々と近付いてくる篠山城下はまだ薄暗かった。それでも二人が剣道場に入ってみると八十人近い家臣たちが親子を待ち受けていた。

柏原城下の小籐次の勲しは、小出雪之丞を篠山に連れ帰った篠崎悟一郎の口から藩士たちに伝わっており、

（やはり赤目小籐次はただ者ではない）

と改めて考えたか、小籐次と駿太郎親子がこの剣道場に最初に入った折の眼差しとは異なっていた。

小籐次が驚いたのは、城代家老の小田切越中も見所に重臣らといっしょに姿を見せていたことだ。

「ご家老、ご一統様、日帰りの墓参が七日に及ぶ留守と変じて、稽古指導を欠席したことをお詫び申し上げます。今朝方より篠山を離れるまで気を抜くことなく稽古に勤めますのでお許し下さい」

と小籐次が見所下に座して許しを乞うた。すると小田切がいつもの茫洋とした眼差しとは違ったにこやかな顔で、

「いやはや赤目どのの柏原での行い、織田家の国家老三田吉右衛門どのからそれがしに宛てて丁重な礼状を頂戴しておるでな、すべて承知じゃ。但馬路から丹後にかけて数多の悪行を重ねていた武芸者鶴我美作守武蔵などとご大層な名の悪党をただ一撃のもとに斬り捨てられたとか。三田どのも六尺五寸に及ぶ巨漢の脇腹から胸にかけての深々とした斬口を見て、驚愕されたそうな。いやはや、赤目小籐次どのでなければできぬ業と、驚きいっぱいの書状でござった」

「小田切様、三田様の書状いささか大仰でござるな。なによりその者と対決したのが柏原八幡宮の神域、血で汚したことを小籐次は悔いており申す。柏原藩ではそれがしの無作法を快くお許し下された。

小田切様、織田様にお会いの節は、赤目小籐次は寛容なお言葉に感謝申し上げたいと付言してくれませぬか」

「三田どのはな、さすが篠山藩主青山様は老中として酔いどれ小籐次を自在に使いこなして天下の平穏に尽くしておられる、感心致すとな、江戸の殿にまで言及されておったわ」

小田切の話はいつになく長く終わりそうにない。

「ご家老、そろそろ朝稽古に入りたいがよろしいか」

「おお、そのことよ。そなたが留守をした間も家臣たちは熱心にそなたの教えどおりに稽古を続けて参った。成果を見てくれぬか」

小田切は飽くまで上機嫌で言った。

首肯した小籐次は、

「まず甲の組八人、いやわしの旅の案内方を勤めてくれた喜多谷どのを加えて九人か。順に稽古したい」

と小籐次が技量が上の甲の組から手合わせすると言った。

一番手は、下士で唯一甲の組に入れられた徒士の安間常次郎だ。

「赤目様、お願い致します」

と竹刀を手に小籐次に一礼した。小籐次も竹刀を取り、

「どおれ、稽古ぶりを拝見致そうか」

と竹刀を正眼において、安間に眼で攻めよと合図した。

安間常次郎は正面から果敢に打ち込んできた。五体の調和がとれたその動きを見れば小籐次の教えを守り、稽古に汗を流してきたことが知れた。

存分に攻めさせた小籐次が安間の一瞬の隙をついて、
びしり
と胴を叩いた。そのしなるような一撃で安間が床に転がった。

「おお、よう稽古を重ねられたな、一段と進歩のあとが見えるわ」

と小籐次は、起き上がって正座し一礼する安間に言葉をかけた。

この朝、安間を皮切りに三組の者すべてと対戦した。

乙の組に入れられて自信を失った上士の稲冨五郎佐も、小籐次らが柏原行で留守をしていた間に必死で稽古をしたらしく、また篠崎悟一郎から小籐次が無頼の剣術家鶴我某を一撃で斬り斃した模様を聞いて己の力を悟ったか、鍛錬のあとが見えた。元々剣術の力量はあった。

赤目小籐次、なにするものぞ、と気負った分、力を発揮できずに乙の組に入れ

られたのだ。

もはや稲冨から小籐次への対抗意識は消えていた。その分、余計な力が抜けて伸びやかな動きが戻っており、真摯に小籐次を攻めた。

十合ほど稲冨に打たせた小籐次は、技と技の間に五体の均衡が崩れるのを見て、その欠点を示すように腰を叩き、床に転がした。

「稲冨五郎佐どの、よう本分を取り戻したな。ただ今より甲の組に入られよ」

と告げると稲冨が床に正座し、

「赤目先生、ご指導有り難うございました」

と笑みの顔で応じたものだ。

駿太郎も手伝い、三組との打ち込みで大半の藩士が力をつけているのを見て、小籐次が言った。

「よう、稽古を積まれたな。江戸の殿もこのことを知られたら喜ばれよう。そうじゃ、十日後にな、対抗試合を催そうではないか。

依田指南、すまぬが五人一組の組分けをしてくれぬか。言うまでもないが、上士下士の区別なく、三組から先鋒、次鋒、中堅、副将、大将を選んでくれぬか」

「赤目様、五人一組となると二十数組はできますな」

「そうなるか。若手の人数が足りなければ駿太郎もどこぞの組に入れてくれぬか」

「おお、駿太郎どののもわれらの対抗試合の人数でございますか。さあて、選ぶのが大変じゃぞ」

と依田指南が張り切った。

やはり藩主が二十年余も国許を留守にしたために剣術稽古一つとっても、いつの間にか目標と意欲を失っていたのだろう。対抗試合と聞いて、家臣たちが張り切った。

「赤目どの」

と小田切越中から声がかかった。

「ご家老、対抗試合の催し、差し障りがございますかな」

「いや、そうではない。篠山藩では陪臣らの剣術好きは西浜町の町道場で稽古する者が多い。こちらの連中も赤目小籐次どの主宰の対抗試合に加えてくれませぬかな」

と言い出した。

「おお、それはよき発案にござる。篠山藩の直臣だけが青山様の家臣ではあるまい。陪臣の力も加わって、篠山藩の力となるのですからな」

と小籐次が答え、

「依田指南、数は増えるかも知れぬが陪臣も加えてくれぬか。そなただけで五人一組を分けるとなると、大変な作業でござろう。稲富どの、喜多谷どのら数人を組分け方に加えて作業なされ」

と命じた。


朝稽古は昼の刻限までかかった。

そのあと、小籐次は喜多谷六兵衛に連れられて城代家老の小田切越中と面会した。

「赤目どの、藩士に活気が出て参ったな」

と小田切が小籐次に言った。

「人間というもの、目標がないとつい怠惰な暮らしに馴染んでしまいます。時にかような催しもよかろうと思います」

「そこじゃ、赤目どの」

「なんぞご注文がございますかな」

「十日後の対抗試合の模様を見物してみんと言えんがな、この対抗試合、赤目どのが江戸へと戻られても続けていけば家臣の励みになろうと思うたのだ」

「おお、ご家老、よきお考えです」

と同席した喜多谷六兵衛が言った。

「赤目どの、喜多谷もいうておる、どうだな」

「となると十日後の対抗試合の首尾が重要になりますな」

「でな、考えたのだ」

と小田切が言い出した。

「ご家老、どのようなことを思案なされました」

「この対抗試合が長く続けられるように名をつけたいのだ」

「ほう、どのような名でございましょう」

小籐次の代わりに六兵衛が尋ねてくれた。

「その名も『赤目小籐次対抗試合』と致すのはどうじゃ」

小籐次は呆れ、喜多谷六兵衛は、

「よき考えにございますぞ、ご家老」

と叫んだ。

「待たれよ。天下の老中青山様の名を差し置いて浪人者の年寄りの名をつけるなど、篠山藩は考え違いをなされたかと藩の内外から文句がつきましょうぞ」

「いや、わが殿の名を付けるのは在り来たりであろう。満天下にわが殿と天下の赤目小籐次の関わりを示すことになり、殿も必ずお喜びになろう」

と小田切越中が言い切った。

小籐次はしばし瞑目して、

「ご家老、この一件、二、三日考えさせて下され」

と願った。

「よかろう。で、本日の話はなんだな」

と小田切が話柄を転じた。

「小出家の一件にございます、ご家老」

六兵衛が城代家老に言った。

「赤目どのは、小出家の廃絶と当代の小出雪之丞の切腹に反対か」

と小田切が小籐次に質した。

「この話、篠山藩の大事でございますでな、本来なれば青山忠裕様がお決めになること。とは申せ、殿は老中として文化元年補職以来、二十一年にわたり江戸定府なされて、篠山の藩政は城代家老様らにお任せと聞いておる」

「赤目どの、よう承知ではないか」

「城代家老様の判断に口を挟むのはそれがしの役割を超えております」

「やはり反対か」

と念押しした。

「ご家老、それがしが赤目様のお気持ちを代弁してようございますか」

「よかろう、話してみよ」

小籐次が篠山入りしていちばん密につき合ってきた喜多谷六兵衛が、昨夜旅籠河原篠山で話し合ったことを告げた。

「なに、雪之丞には子がおったか」

「はい。徒士笹村四郎助の四男猪一郎として育てられておりますが、八歳にして論語を素読するなど勤勉にして、兄たちから、実際は母の弟ゆえ叔父たちから剣術も習っておるとか、笹村家をよく知る徒士頭から最前聞き取りました」

しばし城代家老の小田切が沈思した。

長い沈黙だった。

「赤目どのは、猪一郎に小出家を継がせよ、と申されるか」

「ご家老、失態を重ねる名門筋目を潰すは簡単でござろう。じゃが、できることならば、禄高をさらに減じても猪一郎に継がせて青山家へ忠誠を尽くす家臣に育てるのも、藩主不在の篠山藩を守る城代家老小田切様方の務めではなかろうかと思うたまででござるよ」

小田切はしばし瞑目し、間をおいた。

「徒士笹村家の高はいくらか、喜多谷」

「十二石三人扶持にございます」

「十二石三人扶持の四男では先は見えておるのう」

「いかにもさよう」

六兵衛が即答した。

腕組みした小田切がまた思案した。口のなかでもごもごと呟き、何事か考えている様子があって、くあっ、と両眼を見開いて小籐次を見た。

「赤目小籐次どの、雪之丞の柏原藩内での所業、許されじ。以て切腹の沙汰を命ずる」

と言い切った小田切がさらに続けた。

「喜多谷、御徒士町《おかち》に空き屋敷はないか」

「一軒ございます」

六兵衛が答えた。

「ならばただ今の小出家の禄高のおよそ一割の五十三石で、猪一郎を小出家の跡継ぎとして存続させせよ。むろん母親のお園が成人に及ぶまで猪一郎の面倒を見るのが条件じゃ、これでどうだな、赤目どの」

と小田切越中が言い、小籐次が大きく頷いた。

そのとき、小籐次は胸中で駿太郎に従弟が出来たな、と考えていた。


この日の昼下がり、河原町の研ぎ師次平の仕事場で次平と小籐次が並んで仕事をしていた。駿太郎は、土間に研ぎ場を設けてもらい、次平がため込んでいた研ぎの必要な包丁や鎌、鉋《かんな》の刃の研ぎを行った。

次平は駿太郎が最初に研いだ包丁を見て、

「驚きましたな、江戸のお武家さんの倅がこれほどの研ぎを致しますか」

と小籐次に洩らした。

「わしは西国の小名の下屋敷の厩番と、昨日言うたであろう。屋敷を放りだされたとき、手に職がないと生きてはいけまいと父親に教えられた技を駿太郎に伝えただけだ」

「と、言われますが、赤目小籐次様は篠山の殿様の知己だと聞きましたぞ」

「だれに聞いたか知らぬが、老中五万石の譜代大名と年寄りの研ぎ屋が知己のわけもあるまい」

「そうかね。ともかくうちは赤目様親子が無償で研ぎを手伝ってくれるならば、生涯働いてもらってもよいぞ」

次平が笑みの顔で満足げに言った。

小籐次は次直の仕上げ研ぎにかかり、無言の作業を続けた。

駿太郎の声がして小籐次が顔を上げると、一人の武士が研ぎ屋の前に立ち、駿太郎を見詰めていた。齢は四十年配か。

「父上」

「赤目様、高山又次郎様だ。御徒士町の磯村様のご家来だよ」

と次平が言った。

その言葉に駿太郎から視線を外した又次郎が土間ににゅっと入ってきた。

高山は背がひょろりと高かった。

小籐次は徒士の禄高が十二石三人扶持と昨夜、六兵衛の口から聞いたばかりだ。

その家来となれば、禄高は小籐次が旧藩の下屋敷で頂戴していたのと同じ年に三両程度かと、その形《なり》から小籐次は推測した。

「高山様は、篠山藩で須藤平八郎様といちばん親しかった人だ。須藤様と一緒に馬出の仕事を勤めていたでな」

と次平が言った。

「高山どのをそなたが呼んだのか」

「おめえ様が須藤様のことを知りたいというからな、わしが知らせた。迷惑だったか」

「いや、感謝致す。すまぬがしばし待ってくれぬか」

小籐次は仕上げ研ぎの終わった次直を洗い桶で洗い、次平から借り受けた白木の鞘にいったん次直を納めた。

「高山どの、久しぶりに研ぎを為したら腰が痛い。わしに付き合ってしばし散策してくれぬか」

と願った。すると高山がぎょろりとした眼で頷いた。

「駿太郎、しばし出て参る」

その言葉に高山がやはりという表情を見せた。

腰に脇差を差した小籐次と高山は大川の土手道に出た。

「赤目様、ご子息を駿太郎と呼ばれたが、あの子は須藤平八郎様の遺児かな」

「そなた、駿太郎を一目見て分かったようだな」

「赤子の折、二度ばかり会っただけじゃ。じゃが、須藤様は承知ゆえその面影が直ぐにあの子に重なった」

「ただ今は赤目小籐次の子として育てておる」

頷いた高山が、

「お英様の墓参に来られたそうな」

「いかにもさよう」

と答えた小籐次が、

「そなた、わしが駿太郎をわが子として育てておる曰くを承知か」

と問うた。

高山は、いや、と首を横に振った。少し話が長くなるが、と前置きした小籐次は須藤平八郎との出会いと尋常の勝負の模様を語った。その話の間じゅう、沈黙して聞いていた高山が、

「なんと須藤様が赤目様と戦って身罷られましたか」

「剣術家同士の尋常勝負であった。須藤どのはわしに、勝負に負けた折は、駿太郎をわしの手で育ててほしいと願われたのだ」

「信じられぬ」

と高山が呟いた。

「で、あろうな。わしと女房のおりょうは、駿太郎を伴い、こうして篠山に墓参に参った。われら、須藤平八郎どのの亡骸《なきがら》が江戸の芝金杉町にある清心寺の無縁墓地に葬られたことを知っておる」

なんと、という顔で高山は小籐次を見た。

「われら一家は須藤どのと想い女《びと》であったお英どのの墓を清心寺の墓地に建て申した。墓石に『縁』と一字刻んだのは、須藤平八郎どのの遺児駿太郎じゃ」

「駿太郎さんはすべてを承知と申されますか」

高山の問いに首肯した小籐次は、

「われら、駿太郎に須藤どのとお英どのの生まれ故郷を見せたくてな、江戸から旅をして参った」

と言って、

「未だわしの話が信じられぬか」

と続けた。

しばし沈黙していた高山が首を横に振った。

「ならば須藤平八郎どのがどこで心地流を修行したか、教えてくれぬか」

と小籐次は願った。

四

おりょうはそのとき、篠山城大書院に付属した蔵の中で、青山家二代藩主忠高の正室が嫁入りの折に持参したという『鼠草紙《ねずみのそうし》』に接して、驚きを隠せないでいた。

『鼠草紙』が室町時代の末から江戸時代の中ごろにかけて造られたお伽草紙の絵巻物であることを、おりょうは承知していた。

だが、まさか『鼠草紙』が篠山にあるとは夢想もしていなかった。

その存在を知ったのは偶然のことだった。

おりょうは、篠山入りして城の奥女中衆や家臣の妻女方に和歌を指導してきた。

そんな集いが和気藹々と続けられていたが、柏原行のために中断された。

その直前のことだ。

奥女中の一人村木千佳から、

「お城のお蔵に『鼠草紙』がございますが、おりょう様はこのお伽草紙をご存じですか」

と問われたのだ。驚いたおりょうは、

「篠山にございますので。もし滞在中に拝見できるならば、ぜひ一目拝見しとうございます」

と言い残してお英の墓参に矢代に向った。

日帰りのはずの墓参は七日に及ぶ隣藩柏原滞在となった。

一方千佳は、藩主が許した篠山訪問の客人の頼み、なんとかして叶えたいと、蔵の所蔵品を監督する納戸頭に願っていた。納戸頭はさらに城代家老の小田切越中の許しを得て、おりょうの帰りを待ち受けていたのだ。

おりょうをお蔵へ導く案内方として同行したのは、奥女中衆三人だった。三人して、その存在は承知していたが、室町時代のお伽話を絵巻物にした『鼠草紙』を見たことはなかった。

一軸の絵巻物の紙高は一尺二寸（三十六センチ）、なんとその長さは八十六尺

（およそ二十六メートル）という長大なものだった。

　おりょうは『鼠草紙』の詞書《ことばがき》を意訳して千佳らに聞かせた。

「いつのころのことでしょうか。京の都、四条堀川の院の近くに権頭《ごんのかみ》という古ねずみが住んでおりました。雨の降る寂しい日でございました」

　と読み聞かせると千佳が、

「おりょう様、私、子どものころこの話を祖母《おばば》様に寝床の中で毎晩のように聞かされました」

　と言い出し、

「ねずみの権頭は、おそばにつかえる穴ほりの左近尉《さこんのじょう》をよんで、『わしは自分たちねずみが、かように小さなけものであることがなんとも情けない。わしはなんとかして、人と仲良くなり夫婦《めおと》となりて、子孫の代には、人間としていきられるようにしようと思うが左近尉、おまえはどう思うか』と尋ねました……続きはこんな話ではございませんか」

　と千佳が述べると、もう一人の奥女中の綾香が、

「私も母上に何度も聞かされたわ。清水寺にお籠りするのですよね。権頭はねずみの顔が人間の顔に見えるように京の清水寺の観音様に願って、清水寺にお籠りするのですよね」

とさらに述べた。お鈴も、

「私はいつも最後まで話を聞かないうちに眠っておりました」

と恥ずかしそうに言った。

「お鈴、私もよ。だって『鼠草紙』はこんなに長い絵巻物よ、子どもが最後まで聞くなんて無理な話よ」

と千佳が言った。

おりょうは室町時代のお伽話が今も生き生きとこの篠山で語り継がれていることに感激して、『鼠草紙』の最初の絵に視線を戻した。

桜咲く如月《きさらぎ》のころだ、清水寺の音羽の滝から流れ落ちる水に捧げものをする姫君に、権頭が嫁になってほしいと願う情景がなんとも艶やかな季節の光の下に展開していた。

おりょうはふと思い出した。

「お鈴さん、私たちが福住宿で最初に会ったとき、曳山の男衆はみなねずみの仮面をかぶっていましたね、あれは『鼠草紙』の権頭や穴ほりの左近尉を模したものだったのね」

「はい」

とお鈴が嬉しそうに返事をした。

「篠山には大変な宝物があるのね」

とおりょうは答えながら、思い付きを口にした。

「この絵巻物には、私どもの祖先やねずみたちの叡智や機智、夢や望みや哀しみが四季折々の風景の中で楽しくも切なく展開されていく姿が描かれていますね。どうでしょう、私どもの集いは明日から『鼠草紙』を読み解く集いにしませんか」

「おりょう様、私、最後までこの絵巻物を読み通しとうございます」

お鈴が即答し、千佳も綾香も賛意を示した。

「ならば私ども四人で城代家老様にこの集いのお許しを願いましょうか」

「おりょう様がお願いなされば、ご家老は即座にお認めになられます」

千佳が言い切った。

「おりょう様、どうかこの絵巻物『鼠草紙』を一同で読み解き終わるまで、篠山から江戸へお戻りにならないで下さいまし」

綾香がおりょうに釘を刺すように願った。

『鼠草紙』を読み解く女たちの集いが始まって数日後のこと、朝稽古を終えた小籐次と駿太郎が研ぎ師次平の作業場で包丁や農具や大工道具などを研いでいると、

「父上、ご存じでしたか、母上たちがお城のお蔵に籠って絵巻物を皆で読み解いているのを」

「むろん承知じゃ。さすがに老中青山様の城下であるな。世にも珍しいお伽草紙の絵巻物が実にきれいな姿で残っておるそうな。次平どのは知っておるか」

と小籐次が次平に話を振った。

「青山様二代目の奥方様が嫁入道具に持ってこられた絵巻物かね、話は知っているがほんものは見たことねえな」

次平の返事はあっさりとしたものだ。

「次平親方、どんな話なのですか」

「篠山の人間ならばおよその話は承知じゃろうな」

「聞かせて下さい、親方」

「わしより駿太郎さんのおっ母さんに聞いたほうがよかろう。直に絵巻物を見ておるんじゃからな」

「いえ、私は篠山の人びとが語り継いできたお話が知りたいのです」

「お城の絵巻物とはまるで違うかもしれんぞ」

「構いません」

ならば話すか、と前置きした次平が仕事の手を休めて語り出した。

「昔々京の都の四条あたりに齢百歳を超えた古ねずみがいたと思いなされ。この古ねずみ、権頭というてな、ねずみなんて生き物より人間になりたくてな、家来の左近なんとかという者に人になるにはどうすればよいか、相談したんじゃ」

駿太郎だけではなく小籐次も研ぎ仕事をしながら耳を傾けていた。

「ねずみの権頭は京の清水寺に二十一日のお籠り修行をしてな、満願の夜明けを迎えたのだ。すると、観音様がねずみの権頭を不憫に思われてな、夜が明けたら音羽の滝にお参りにくるきれいな姫君がおる、この者を女房にせよとお告げが下ったのだ」

「めでたしめでたしですね、権頭とお姫様が所帯を持って」

駿太郎が口を挟んだ。

「駿太郎さんや、世の中はそう簡単にうまくはいかぬ。ある日、嫁になった姫君が権頭の正体を知ってしまったのだ。亭主の正体がねずみと知った姫君はさっさと屋敷を出ていってな、京の長者に縁づいた」

「権頭は可哀そうです」

「おお、そこで高野山にて仏道に励み、坊主になるって話だったな」

「ふーん、それはお伽話としては結末が残酷ですね」

「おお、世の中はなかなかめでたしめでたしとな、駿太郎さんの親父様とおりょう様のようにうまくはいかぬもんだ」

「父上はねずみではありませんから大丈夫、最後まで添い遂げられると思います」

駿太郎が小籐次を見た。それまで黙って話を聞いていた小籐次が、

「その話の権頭、なんやらわしのようじゃな。おりょうの情けでわしは亭主にしてもろうておるからのう」

小籐次が正直な気持ちを洩らすと次平が大笑いして、

「お伽草紙と真の夫婦をいっしょにせんでもよかろう。美形でな、若い嫁をもろうた赤目様よ、おりょう様に逃げだされぬように精々お励みなされ」

と励ましたものだ。

曲物《わげもの》師の太郎吉とうづの夫婦が二歳になった万太郎の両手を引いて、深川から

芝口橋の久慈屋を訪ねてきた。だが、直ぐには入ろうとはせず、芝口橋の南詰めへと伸びた行列を驚きの眼差しで眺めた。

太郎吉の背には竹籠が負われていて、久慈屋への土産の秋野菜の茄子、ネギ、自然薯《じねんじょ》に菊の花などが入っていた。

「太郎吉さん、噂どおりなかなかの行列ね」

「酔いどれ様が江戸に居なくてこれだけの人を集めるなんて、さすがに酔いどれ人気は大したものだ」

三人が紙人形の小籐次と駿太郎を見た。太郎吉とうづが想像した以上に立派なものだった。その人形の前に手を合わせて桶になにがしか銭を投げ込んでいる人が途切れなかった。

「太郎吉さん、うづさん、お出でなさい」

行列の人びとを見張る国三が声をかけた。

「国三さん、ご苦労様です」

うづが労《ねぎら》いの言葉をかけた。

「万太郎ちゃん、もはや歩くようになりましたか」

「はい、手を引いてないとどこへ行くか知れたものではありません。夫婦してしっかりと手を握っています」

「ささっ、中へお入り下さい」

と言われた一家三人が久慈屋の広い土間に踏み込んだ。

「よいところへお出でです」

大番頭の観右衛門が夫婦に言葉をかけた。

「えっ、赤目様ご一家が帰ってこられましたか」

うづが問い返した。

「ご一家が戻ってきたのなら、もはや人形の出番はございますまい」

「ですね」

と言ったうづがしばらく間をおいて、

「昌右衛門様とおやえ様のお子がお生まれになったのですね」

と昌右衛門に視線を向けて尋ねた。

「はい、今朝方無事に二番目の子が生まれました。おやえの願いどおりに女でございました」

「久慈屋様、おめでとうございます。長男の正一郎さんに続いて娘御ですか。これで久慈屋様も万々歳でございますね」

とうづが祝いの言葉を述べた。

「おやえ様とやや子を一目見ることはできますか」

「むろんですとも」

と応じた昌右衛門が帳場格子を出ると、

「万太郎さん、お二方のよいところを継がれてしっかりとした体と整った顔立ちの男子です。どおれ、私に抱かせて下さい」

と願った。

「旦那様、万太郎は言葉を話し始めたのはよいのですが、悪い言葉ばかり覚えて得意になってだれかれとなく言い放ちます。とてもとても旦那様にお渡しできません、なにをしでかすか」

うづが案じた。昌右衛門は、

「うづさん、私も二人の親ですよ。ご心配されなくてもようございます」

と腕を差し出した。

万太郎は両親の手を離されて久慈屋の店を眺めていたが、いきなり土間から表通りへと走りだそうとした。だが、国三がさっと動いて万太郎を抱きかかえ、

「おお、なかなか重うございます、旦那様」

と昌右衛門に手渡した。

「よいどれよいどれ」

と叫ぶ万太郎を昌右衛門は、ひょいと頭上に抱きあげ、

「高いぞ高いぞ、万太郎ちゃん、怖くはありませんかな」

というと、きゃきゃと万太郎が笑った。

「よし、私が抱いてな、奥へと連れて参ります。太郎吉さんもうづさんもどうぞ内玄関からお上がり下さい」

と昌右衛門がいい、万太郎を抱えて店から奥へと消えた。

「太郎吉さん、大変よ、あの子、なにをしでかすか分からないわ」

うづが案じて太郎吉が、

「おれはよ、この背中の野菜を台所に置いてくるから、うづ、先に奥に行ってくれないか」

と願った。

うづが慌てて久慈屋の奥へと向うと、万太郎の声が聞こえなかった。

「どうしたのかしら」

うづがそっと中庭伝いの廊下を奥座敷に向うと、おやえが床に起き上がり、生

まれたばかりの赤子を万太郎に見せていた。万太郎は赤子に関心を寄せたか、えらくおとなしく赤子を眺めていた。

「万太郎、おとなしくていいわね」

「おっかあ、赤ちゃん」

万太郎がうづの声を聞いて言った。

「そう、おまえより小さな赤ちゃんよ。汚い手で触ったりしないでね」

とそっと万太郎の傍らに座ったうづが、

「おやえ様、おめでとうございます。待望の女の子、名前はなんと付けられました」

「隠居の五十六がお浩《ひろ》と名付けました。亭主の元の名の浩介の一字を取ったのです」

おやえがいうところに隠居夫婦と太郎吉の三人が姿を見せた。

「ご隠居様、お孫さんのご誕生おめでとうございます」

「有り難う、うづさん」

と言った五十六が、

「産湯は名人の万作さんと太郎吉さんが造ってくれた曲物の檜の盥《たらい》で使わせまし

たよ。これで正一郎、お浩と二人ともに名人の手になった盥にお世話になりました」

　と言い添えた。

「久慈屋さんの跡継ぎ方がおれたち親子が手掛けた盥を使ってくれたなんて、親父が喜びますよ」

　うづと所帯を持って落ち着きの出た太郎吉が言った。そこへ台所を仕切るおまつが姿を見せて、

「太郎吉さんとうづさんから秋野菜をたくさん頂戴致しましたよ、おやえ様」

　と言いながらお浩を眺めた。

「こちらは大所帯、にぎやかでようございますね」

　と太郎吉が言った。

「今日はお祝いよ。太郎吉さん、うづさん、万太郎ちゃん、夕餉を食べていってね。帰りはうちの奉公人に船で深川まで送らせますからね」

　とおやえが言った。

「こんなときにな、もう一家族欠けているんですよね。いくら丹波篠山が遠いといって、そろそろお戻りになってくれませんと、酔いどれ様と駿太郎さんの人形

の出番がいつまでも続きますでな、困りました」

と五十六が苦笑いした。

「いくらなんでも今年じゅうにはお戻りですよね」

うづも赤目小籐次一家がいない江戸を寂しく思っていた。

「城中で上様を始め、幕閣の方々から『赤目小籐次はいつそのほうの国許から戻るのじゃ』と尋ねられて、老中青山様は返答にお困りとか」

観右衛門まで姿を見せておしんから聞いた話を披露した。

「丹波篠山の名物ってなんです」

職人の太郎吉がだれとはなしに聞いた。

「猪、栗、黒豆だそうです、太郎吉さん」

とおやえが言い、

「それと赤目様を引き留めていることがあるとしたら、丹波杜氏の造るお酒でしょうな」

と観右衛門が言った。

「丹波とじってなんですか」

太郎吉が観右衛門に聞いた。

「下り酒の伏見、灘五郷の酒は昔から丹波杜氏の手で造られるそうですよ、太郎吉さん」

「ああ、そりゃダメだ。酒造りの名人のいる土地に酔いどれ様一家は居つきませんか」

「そりゃ、困る」

とその場の全員が声を上げ、正一郎と万太郎までわけが分からないまま、

「そりゃ、こまる」

と言った。

第五章　八上心地流

一

　この日の未明、赤目小籐次と駿太郎は南馬出からそれぞれ馬に乗り、篠山川の河岸道を上流に向って進み、京口橋を渡った。

　小籐次らが福住宿から曳山に乗ってきた西京街道を天引峠の方角へゆったりと進んでいった。

　厩番だった小籐次は馬には慣れていたが、駿太郎は馬に乗ったことがない。

　小籐次が馬の扱い方を教えると駿太郎は直ぐに覚えた。先頭を行く小籐次が時折、

「どうだ、馬はどうだ」

と尋ねると、

「利口な馬です。駿太郎が馬に慣れていないと知っていて、私がなにもしなくとも父上の馬のあとへ従っていってくれます」

「それはな、駿太郎が馬好きじゃと馬が察しており、妙に怖がって体を緊張させてないことを感じておるからだ」

駿太郎は、西京街道の田圃道に出るとうっすらと明けてきた辺りの景色を見る余裕も出てきた。

三の丸の剣道場では、五日後に控えた対抗試合を前に、依田指南らが苦心して組分けした五人一組二十八組が競い合って稽古を続けていた。

小籐次はそんな稽古ぶりを確かめると依田指南に、

「一日だけ朝稽古を休ませてくれぬか」

と願った。

「どこぞにお出かけですかな」

「篠山を出る日が近付いてきた。駿太郎とな、篠山郊外をぶらりと見て歩きたいのじゃ。もはや喜多谷どの方の案内は要らぬ」

と断わり、この朝、二人は休みをとった。

須藤平八郎と昵懇であったという徒士組磯村家の家来高山又次郎が、研ぎ師次平方で仕事を手伝う小籐次と駿太郎に、

「明後日南馬出に二頭の馬を用意しておきます。二頭の馬は行き先を承知です。それがしはそちらでお待ちしております」

と告げにきたのは二日前だ。

小籐次と駿太郎は又次郎の言葉に従い、南馬出へ行ってみると小者が一人待っていて、

「赤目小籐次様に駿太郎様ですな」

と馬の手綱を渡してくれた。

馬たちは慣れたもので、小籐次が手綱を使わなくても西京街道に出るとだく足に変えた。

「どうだ、駿太郎」

速度を上げた馬の乗り具合を聞くと駿太郎が、

「父上、なんとも気持ちがようございます。望外川荘に連れて帰りたいほどです」

「望外川荘で馬を飼うか。元厩番ゆえ馬を飼うことはできよう、じゃが、馬に乗

る身分ではないがのう」

と小篠次が答えた。

「父上、馬たちは私どもをどこへ連れていこうというのでしょうか」

「須藤平八郎どのはこの篠山に奉公していた折、毎朝馬を走らせていたというたな。おそらく須藤どのが向った先、篠山城の前のお城の八上城趾に案内しようとしているのではないか」

二頭の馬は春日神社口を横目に西京街道の一里塚までくると、街道から右手に折れて寺が何軒か集まる脇道へと入っていった。

誓願寺、東陽寺、虚空蔵堂、地蔵堂と朝の光に石の寺名が読めた。

寺の背後には右衛門丸と呼ばれる平坦な明地が残されていた。かつて波多野秀治在城の折の屋敷跡であり、西京街道を見下ろす陣営地であった。

小篠次の馬の鼻先に一匹のアカ犬が飛び出してきて尻尾を振った。馬は驚く風もなく犬に先導されるように、山の斜面につけられた登山道を上がっていった。

小篠次らは知らなかったが、この道は藤の木坂道と呼ばれる山城に続く登山道の一つだった。

「八上城は丹波富士と呼ばれる高城山に設けられた戦国時代の山城じゃと、六兵衛どのがいうていたな。この高城山山麓全体が頂にある本丸を守っておるようだ」

高城山は、標高千五百尺余（四百五十九メートル）の単独峰である。

戦国武将として名を馳せ、丹波、但馬、摂津にかけて四十余城、三十余の砦を構えていた波多野氏の拠城だけに馬で登れる道も整備されていた。寺町を抜けると花の池、花畠、城ヶ滝など秋の景色に彩られた山道が続いた。ともかく壮大な山城であった。

「駿太郎、どうだ、馬を下りるか」

「いえ、この馬が駿太郎に下りるなというております」

「さすがは馬廻役須藤どのの血を引いておるな」

小籐次と駿太郎は一刻以上も山道と格闘して馬見所という馬場に出た。鞍から下りよというように馬が止まり、小籐次を下ろした馬が無人の馬見所の柵の中に入っていった。

小籐次が馬に水を飲ませ、汗を駿太郎と二人、柵に掛かっていた布で拭った。

馬見所からは徒歩で行けというのだろう、アカ犬が先導してくれた。

八上城の石垣まではさすがに厳しい道が続いた。

石段をアカ犬に従っていくと、小籐次、駿太郎には耳に慣れた木刀の打ち合いの音が響いてきた。

「父上、八上城趾で剣術の稽古をされる人々がおられます」

「おそらく須藤平八郎どのはこの八上城趾の剣道場で心地流を修行されたのではないか」

小籐次は須藤平八郎と戦った折の感覚をふと思い出した。来島水軍流が戦国期の海の剣術ならば、須藤の心地流は戦国時代の山国丹波の剣風を伝える山の剣術ではなかったか。

「えっ、私の実父はこの山城で剣術の稽古をされたのですか」

「篠山藩士でありながら、もしやしたらこの山城の波多野一族とつながりがある方々がここで稽古をされておるのではないか」

と小籐次は推量した。

アカ犬の姿が消えた。

本丸跡に椿の古木が生えていて、明地の野天道場で十二、三人の稽古着の男たちが木刀で打ちあっていたが、小籐次と駿太郎を見ると稽古を止めた。その形から見て篠山藩の下士と想像された。

「須藤駿太郎様、よう八上心地流道場に参られました」

と挨拶したのは高山又次郎だった。

小篠次はその言葉を聞いたとき、須藤平八郎の武術修行の地がやはりこの八上城址であることを悟った。

「高山どの、そなたらは波多野氏の一族かな」

小篠次の問いに高山らが首肯した。

「須藤平八郎どのも青山家家臣でありながら、波多野氏に忠誠を尽くしてこられたか」

「赤目様、思い違いをせんで下され。この八上城に集うわれらの忠誠心は青山忠裕様に向けてのものでございます。されどわれらの先祖が波多野一族であったこともまた間違いではござらぬ」

「須藤どのはこの八上城址で丹波心地流を修行なされたか」

「いかにもさよう。ただし正しい流儀名は八上心地流にござる。須藤平八郎は、一時《いっとき》われらの流儀の主導者でござった。されど筋目小出家の娘に出会い、篠山藩士ばかりか波多野一族の誇りを捨て申した」

と高山又次郎が言った。

「そなたら、須藤どのの遺児になんぞ想いを託するや」

小籐次は、駿太郎を須藤駿太郎と呼び、「よう八上心地流道場に参られました」

と挨拶した高山に質した。

八上城址本丸の明地を沈黙が支配した。

「須藤平八郎どのもお英どのも身罷って、長い歳月が流れたわ。小出家は、不埒《ふらち》な所業が重なりて当代の雪之丞、切腹の沙汰が近々おり申す。じゃが、雪之丞と笹村お園との間に生まれた猪一郎が、五十三石と減じられた小出家の新たな当主として継ぐことを認められた」

一同が知らぬことを小籐次が告げると、皆の顔に驚きが走った。

「もはや旧小出家は断絶し、新たなる小出家が御徒士町に創家される」

小籐次の言葉に沈黙が応えていた。

「赤目様、間違いございませぬか」

高山が口を開き、小籐次が大きく頷いてみせた。

「赤目様、そなたが藩主青山忠裕様の上意を受けての使者というのは真のことでございましたか」

この問いにも小籐次が首肯した。

「ご一統、そなたらの朋輩であった須藤平八郎どのとわしの出会いの曰くは別にして、武芸者同士の尋常勝負でござった。それが証に、須藤どのは、それがしが敗北した折は、この子駿太郎を赤目小籐次の子として育ててほしいと願い、わしは受けた。ゆえに駿太郎は、わが赤目家の嫡子である」

小籐次が言い切った。

幾たび目か、沈黙が八上城本丸跡の野天道場に訪れた。やはりこたびも口を開いたのは高山又次郎だった。

「赤目様にお願いがござる」

「………」

「駿太郎どのと御手合わせ願えませぬか」

その言葉に小籐次は駿太郎を見た。

「父上、わが実父須藤平八郎様の修行の場で木刀を使ってみとうございます」

これが駿太郎の返事であった。頷いた小籐次が、

「どなたか、わが子に木刀を貸してくれぬか」

と願い、一人の者が、

「わしのでよければ」

と差し出した。

赤目駿太郎と高山又次郎は、相正眼で対峙した。

流儀の違いではなく人柄の違いか、二人の正眼の構えに違いがあった。一言でいうならば駿太郎のそれは「柔」、又次郎の構えは戦国の気風を残して「豪」であった。

対峙は四半刻も続いた。

すっ

と一合の打ち合いもすることなく木刀を引いたのは高山又次郎であった。駿太郎に一礼した高山が、

「もはや駿太郎どのの剣術は八上心地流に非ず、育ての親の赤目小籐次様の来島水軍流と見ました」

と小籐次に会釈し、言った。

頷いた小籐次はしばし沈思したのち、

「そなたら、八上道場にて修行を続けられるか」

「篠山藩士として不埒にございますか」

「高山どの、忠義を尽くす方がだれか承知なればなんの差し障りもござるまい」

「われら、そのことは肝に銘じており申す」

「ご一統、江戸へ戻った折、八上城の野天道場のこと、藩主青山忠裕様に申し上げてよいか。いや、誤解なきように申し述べておく。忠裕様は、このことをわしの口から聞かれたら、必ずや『わが篠山藩に戦国武将波多野氏の気風が伝わっておるか』とお慶びになろう」

「は、はい」

高山又次郎が代表して大きく首肯した。


小篠次と駿太郎は帰路、馬の轡《くつわ》を並べて西京街道を城下へと向った。

「父上、篠山を訪ねてようございました」

「わしもそう思う。おりょうの『鼠草紙』の読み解きが終わり、対抗試合が無事済んだならば、われら一家、篠山を去ることになろう」

「はい」

「なんぞ心残りはあるか」

「ございません、父上」

最前まで従っていたアカ犬はいつの間にか姿を消していた。

小籐次と駿太郎は、河原町の次平の研ぎ屋の前で二手に別れた。駿太郎は二頭の馬を引いて南馬出に行き、八上城趾へと乗せていってくれた馬を返したあと、三の丸の剣道場に駆け付け、稽古に加わるという。

「父上、稽古はどうなされますか」

「駿太郎、ちと考えることがあって次平親方の研ぎ場で過ごす。今夕、お鈴さんの実家の旅籠で会おうではないか」

と小籐次が駿太郎に願った。そんなわけで駿太郎と馬二頭を見送った小籐次は次平の研ぎ場の敷居を跨いだ。

「馬で遠出をされたか」

「まあ、そんなところだ」

と言った小籐次が、

「ちと相談があるのじゃがな」

と次平に言い出した。小籐次の説明を聞いた次平は、

「なに、親父が残したがらくた刀を研ぎたいというか」

「わしは刀の目利きではないが、さすがに青山の殿様の城下、親父どのの代に集められた脇差、小さ刀はそれなりの刀剣類じゃろう、見てみたいのだ。存外、名刀が混じっているやもしれぬ」

「赤目様、親父の残したがらくた刀を、わしは研ぎきらぬ。赤目様が研いで生かしてくれるのなら、好きに使いなされ」

と鷹揚に言った。

「ならば何本か選んでみよう」

作業場の端に置かれた棚に無造作に積まれた次平の亡父逸造が集めた刀剣を、小籐次は仔細に検《あらた》めた。

「ふむふむ」

小籐次は十本の脇差、小さ刀を選んだ。

「親方、城下に鞘など拵えを修繕してくれる職人はおらぬか」

「鍔《つば》から鞘の塗直し、下げ緒の取り換え程度をこなす者がわしの知り合いにおる。京や江戸のように名人はおらぬが、親父が生きていた時代には親父の研いだ刀の拵えをやっておった」

「わしが研いだこれらの刀の拵えを直してくれようか」

「わしが頼めばなんとかなろうが、これだけの数となると修繕代もかかるし、日にちも要する」

「修繕代はなんとかしよう。じゃが日にちはない。わしが篠山におる間に直しをしてほしい」

「赤目様、そなた、この刀類をすべて研ぎ上げるというか」

「一人でやるでな、夜明かしも辞さぬ覚悟じゃ」

次平が小籐次の顔をじいっと見て、

「なにを考えておるか知らぬが、下地研ぎくらいわしが出来よう。仕上げは赤目様、そなたに任せる」

「親切に甘えてよいか」

「わしはな、おまえ様と駿太郎さんといっしょに研ぎ仕事をしてな、これほど楽しい日々はなかったぞ。やはり江戸へ戻られる日が近付いておるようじゃな」

小籐次は次平に頷くと研ぎ場を改めて、目釘を抜いて研磨が出来るように拵えを外した。

最初の脇差は、江戸初期か天正期の造りと思えるものだった。

次平は親父の代からの下地研ぎの砥石を四種類用意して、しばし刃を見詰めていたが一瞬瞑目して気持ちを鎮めると、下地研ぎに入った。それを見た小籐次は残った脇差四本と小さ刀五本の拵えを外す作業に入った。

いつの間にか篠山に夕暮れが訪れていた。

「父上、未だ研ぎをしておられましたか」

駿太郎の声がした。小籐次と次平は研ぎの手を休めて、

「おお、もはや日が落ちたか」

「久しぶりに研ぎらしい研ぎ仕事に時が経つのを忘れておりましたぞ」

と言い合った。

駿太郎は河原町の旅籠河原篠山に戻り、小籐次が戻っていないと聞いて迎えに来た様子だった。

「駿太郎、何刻か」

「もはや六つは過ぎております」

「稽古は終わったか」

「はい、ようやく最前に。対抗試合というので、ご家来衆が張り切っておられます」

「それはなにより」

と応じた小籐次が、

「駿太郎、わしじゃが、当分親方の研ぎ場ですごすことになろう」

次平は小さ刀の下地研ぎの途中だった。

駿太郎はなにも問い返すことなく、小籐次と次平の周りにある脇差や小さ刀を見ていた。

「本日は徹宵して研ぎ仕事をなされますか」

「おりょうが心配しておろう。旅籠に戻ろうか」

と小籐次が言った。

旅籠の湯に駿太郎といっしょに浸かり、小籐次は、

「ふうっ」

と大きな息をした。

「父上、江戸までの長い旅路が待っております。無理をなさらないで下さい」

駿太郎がいうと脱衣場に着替えを持参したおりょうが、

「おまえ様、老いては子に従えでございますよ」

と駿太郎の言葉に賛意を示した。

二

夕餉は家族三人で膳を前にしたが、膳には篠山川で釣られた鮎の焼き物に野菜の煮物、栗ごはんと心をこめて調理された料理が並んでいた。そして、給仕をお鈴が務めてくれた。

むろん丹波杜氏が手掛けた地酒が用意されていた。

「赤目様、本日は燗酒に致しました」

お鈴が小籐次に酌をしようとした。

「わしの主はおりょうじゃ。お鈴さん、まずはおりょうに酌をしてくれぬか」

と小籐次が真面目な顔で願うと、

「冗談を仰いますと、篠山で赤目の家では女房りょうのかかあ天下との悪い評判が残ります。お鈴さん、わが君から酌を願います」

と笑みの顔でおりょうがお鈴に命じた。

「仲のよろしいことでございます」

お鈴が小籐次、次いでおりょうと酌をして、

「今日は駿太郎と働いたでな、酒がふだん以上に美味かろう」

と杯の酒の香りを嗅ぐと、小籐次はつい笑みの顔に変わった。

「どこへ参られましたな」

おりょうが尋ねた。

「おりょう、駿太郎と男同士の内緒ごとじゃ」

「女房の私にも話せませんので」

「駿太郎に聞いてみよ」

小籐次の言葉におりょうが駿太郎の顔を見た。

「父上が話せないと申されるものを駿太郎も話せませぬ」

「あら、私が邪魔ならば退《さが》りますけど」

とお鈴が言ったが、

「お鈴さんがおられようとなにしようと内緒は内緒です」

駿太郎も小籐次と同じく八上城址を訪ねたことを口にしなかった。

「私どものことより母上のほう、『鼠草紙』の読み解きの集いはいかがですか」

駿太郎が訊いた。

「駿太郎、こちらも女同士の密《ひそか》ごと、話せませぬ」

とおりょうがいい、手にしていた杯の酒を口にして、

「ああ、美味しゅうございます。内緒ごとの酒は」

と小籐次に言った。

「おりょう、お鈴さん、こちらはな、いささか事情があっての秘密ごとじゃぞ。そちらは篠山の宝物の読み解きじゃ、秘密ということはあるまい」

と小籐次が言い、しばし間をおいたおりょうの口からなんとも不思議な歌が流れ出した。おりょうの清澄な声に抑揚が豊かにつけられ、時の流れまでゆったりするように感じられた。

「いつの比《ころ》にやありけん。都四条堀川の院のほとりに、ねずみのごんのかみとて、年月をくりたるふるねずみあり。末代じょくせのことわりにや、かのねずみ、雨中のつれづれに、家の子にあなほりの左近のじょうをまぢかくめして申けるようは、いかに左近のじょう、われさきの世のいんがもやありけん」

雅ともいえる調べをお鈴が追って歌っていく。お鈴はおりょうが主宰する集いに何度か出ていた。ゆえにかような子守り歌のような調べに乗った『鼠草紙』の輪唱ができるのだ。

小籐次と駿太郎は美しい調べとは思ったがなんのことやら判断がつかなかった。

「なんじゃな、その調べは」

「母上、所々に地名とか名前とか、そんなごときものが聞き取れます」

と言い合った。

「私ども、『鼠草紙』の頭から元の物語の詞書きを篠山藩の家臣の奥方様や奥女中衆、十数名で歌にして読み合っております。ただ今の言葉にすれば、それはそれでよろしいかと思いますが、その昔に書かれた絵巻物のお伽草紙です。元のままの言葉を調べに乗せて聞くと、いっそう絵巻の人物や情景が見えて参ります」

おりょうは詞書きを写した紙片を見せた。

「おりょう、この文字を女衆十数人が等しく読めるのか」

「いえ、それはできません。ご存じのようにわが家は幕府の御歌学方、その昔の漢字、かなのくずし文字を読むことを幼き頃から教え込まれました。まず私が声にして読み上げ、皆さんが口をそろえて声にすることから始めました。この篠山の子どもたちは『鼠草紙』を寝床でじい様やばあ様から毎夜語り聞かされると知らされました。私も寝床で子守り歌代わりに夜な夜な聞かせるようにかように節をつけてみました。すると元の詞書きがその昔の調べに変わり、歌えるようになったのです」

「ふーむ」

と小籐次が唸った。

「かようなお伽草紙は声にすることで、当時の暮らしが身近に感じられます。どうでございましょう、そなた様も駿太郎も私に従って『鼠草紙』を読んでみませぬか」

「おりょう、駿太郎に教えてくれぬか。わしは小名の下屋敷育ち、お伽草紙は遠慮しておこう。そなたの雅な調べを聞きながら酒を頂戴するほうがよいわ」

と断わり、

「女衆がお伽草紙を読み終えるのにどれほど日にちがかかりそうか」

と尋ねた。

「あと七日は欲しいところですが、五日でしょうか」

「それなれば剣術の対抗試合も終わっていよう。篠山に冬が巡ってこぬうちに天引峠を越えようかのう」

と小籐次が言い添えると、

「おりょう様、皆様が江戸へ戻られた篠山の冬を想うと、お鈴は哀しく、寂しくなります」

とお鈴が嘆いた。

「お鈴さん、従姉のおしんさんが江戸におられるのです。私どもといっしょに江戸へ参りませぬか」

おりょうがいきなりお鈴を誘った。小籐次はおりょうの唐突な強引さに違和を抱いた。

「えっ」

驚きの声を上げたお鈴が喜びに顔をほころばせ、真剣な眼差しで考え始める風をした。

「おりょう、そなたとしたことが若い娘に夢を持たせてしまったではないか。お鈴さんは、篠山藩の奥向きの女衆じゃぞ。われらが篠山を出れば行儀見習いの奉公に戻らねばならぬ身だ」

小籐次がおりょうに注意し、

「おお、そうでございました。お鈴さん、うかつなことを口にしてしまいました」

とおりょうが応じたが、

「いいえ、そんなことはございません」

と言い合った二人の女たちは、なんとなく示し合わせているなと小籐次は最前覚えた唐突感に思い当たった。だが、男たち二人が八上城址の一件を内緒にせねばならない以上、あまり女たちの問答を深く突いてもなるまいと思った。

「赤目様、もしわが父と母を説得致しましたら、江戸へごいっしょしてもようございますか」

「まあ、親御様がそれでよいというのであれば、われらは賑やかな旅になる、されどお城の奉公はどうなるな」

小籐次の言葉に、

「赤目様方の篠山訪問に際して、重臣方が私に命じられたのは最後までお世話せよということでございました。最後と申されるならば、赤目様、おりょう様、駿太郎様三人が江戸に帰着するまでお世話するべきではございませんか」

お鈴が言い出した。

小籐次は返答に詰まった。すると、駿太郎が、

「父上、お鈴さんが申されることにも一理あります。それに父上が申されたように旅は賑やかなほうがよくはございませんか」

と女たちに加勢し、うむ、と唸った小籐次は、

「まず親御と城の重臣方を説得せよ」

「分かりました」

お鈴がにっこりと微笑んだ。

「よかったわね、お鈴さん。江戸に着いたら藩邸に入るより私どもの望外川荘でいっしょに過ごしましょう」

「お鈴さん、うちは江戸からだいぶ離れていますので静かです。でも篠山の冬より厳しくはないと思います」

おりょうと駿太郎が口々に言い出し、小籐次は黙り込んで酒を舐めた。


翌日も朝稽古を休んだ小籐次は次平の研ぎ場で次平の父親が集めたという脇差、小さ刀などの手入れをした。

研ぎ終わった刀から順次、次平の知り合いの刀の拵えの修理をなすという豊太郎のところに届けた。豊太郎は、殿様の招きで篠山に滞在している赤目一家について承知で、

「なんのためにこれだけの数の刀の拵えを直すのか知らぬが、急ぎ仕上げよう」

と答えたという。そして、一本だけ急ぎ拵えた脇差をこれでよいか、と次平に

持たせて小籐次の返答を聞いてくれと願ったという。

「下げ緒じゃが、古きものは新しい下げ緒に替えてくれぬか。むろんその費《つい》えは支払う。それにな、誂えの代として一本一分ではどうだ、十本ゆえ二両二分と費え分を支払おう」

小籐次は次平に告げた。

「おお、この篠山ではな、二両二分なんて金子を稼ぐことは滅多にないことじゃ。豊太郎も喜ぼう」

と返事をした次平が、

「赤目様、親父の代からうちにあったぼろ刀、手入れをなすとな、なかなかのものと分かったぞ」

小籐次が研ぎ上げ、豊太郎が手入れした脇差を次平がしげしげと見た。

「次平親方、親父様はなかなかの目利きであったな。大半は無銘じゃが、戦国期前後の美濃、備前、薩摩が交っておる。新刀とは違い、趣がある」

と小籐次が言い切った。

「ふーむ」

と返事をした次平が、

「なんとのう、この刀の使い道が分かった」

と呟いた。

小籐次は次平の研ぎ場に三日通い、十本の刀剣を急ぎ仕事で研ぎ上げた。そして、拭い、刃取りの仕上げを終えた刀の茎《なかご》に、

「研師赤目小籐次」

と銘を刻んでいった。こうして十本の脇差や小さ刀は新しく生まれ変わった。

「次平親方、この刀代としてなにがしか支払わせてくれぬか」

と最後に願った。

「赤目様、この刀が蘇ったことを親父が喜んでいよう。その上赤目様がこの十本を江戸へと持ち帰るわけではないこともなんとのう察しておる。刀代などとれるものか。刀研ぎを見せてもろうただけで、わしは満足じゃ」

次平は小籐次から金子を受け取ろうとはしなかった。

十本の刀剣類を一本ずつ刀袋に入れ終えたとき、研ぎ屋の前に喜多谷六兵衛と駿太郎が立った。

七つの刻限だ。

「稽古は終わったか」

「未だ稽古をなされている組もおられます」

「日に日に熱を帯びてきましたぞ」

小籐次の問いに駿太郎と六兵衛が口々に応えた。

「父上、こちらでの仕事は終わりましたか」

「終わった」

との小籐次の返事に、

「それはよかった。重臣方は赤目様が研ぎ仕事に夢中で『対抗試合を忘れておるのではないか。喜多谷、見て参れ』とそれがしに命じられたゆえ、こちらに伺いました」

と訪いの理由を述べた。

「明後日であったかのう。『対抗試合』は」

「いかにもさようです」

「喜多谷六兵衛、そなたの組はどうだな」

「さあて、下士が二人加わっておりますので、なんとも」

と六兵衛が首を捻り、

「それより駿太郎さんが先鋒を務める組がなかなか前評判が高うございます。大将に手練《てだ》れの稲冨五郎佐様が控えてございますでな」

「明日は道場に出ると重臣方に伝えてくれぬか」

と六兵衛の言葉を聞いた小籐次が言った。

「城代家老小田切様から命がございます」

「なんじゃな」

「こたびの『対抗試合』を一度きりで終わらせてはならじ、ためにこの『対抗試合』を正式に『赤目小籐次剣術試合』とすることになったとのことです」

「なにやら晴れがましいではないか。江戸の殿が不快に思われぬか」

「江戸の殿にはすでにご了解を書状で得てあるそうです」

「どうやら内濠も外濠も埋められてしもうたか。致し方ない、有り難くお受けすると返事をしてくれ」

「相分かりましてございます」

と答えた六兵衛が、

「ご家老から、河原町から行儀見習いに出ているお鈴を小女として江戸まで同行したいという赤目様の申し出、しかと承知したとの言葉もございましたぞ」

「六兵衛どの、それがし、さような頼みをした覚えはないぞ」

小籐次の慌て方に、

「赤目様、お鈴の気持ちを察して江戸へお連れ下さい」

と六兵衛が言った。

「どうも女どもの策に乗せられてしもうたな」

「賑やかでよいではありませんか。なんならそれがしも同道してもようございます」

「喜多谷六兵衛どの、そなたの本分は篠山藩の御番衆にあり、爺どもの付き合いではないわ」

「致し方ございません、お鈴に先を越されました」

さばさばした顔で六兵衛が答え、一人だけ城へと戻っていった。

重臣に小籐次の返事を復命するためであろう。

「おりょうも城から戻っておろう。旅籠に戻ろうか」

手入れをした十本の脇差と小さ刀は、風呂敷にひと包みにした。

「駿太郎、明後日じゃが、こちらからこれを剣道場に運ぶ手伝いをしてくれ」

「どうやらこの十本の刀の使い道が分かりました」

駿太郎が洩らした。

「次平親方の親父様のふんどしで相撲を取らしてもらうことになった」

と小篠次が答え、駿太郎が次平に願った。

「親方、お城の剣術大会見物に来てくれませんか」

「わしのような町人も見物させてもらえようか」

「親方は威張って見物してよいぞ、わしが話しておく」

と小篠次が答えた。

「ならば、試合の当日、この包みをわしが担いでいこう」

と次平が約定した。

「……かみそりの　ついでにつめは　きりたるよ　われおそわるるな　ねずみ入道。
やがて　ねんあみ申けり。
いにしえの　そのおもかげの　わすられで　おそれ申よ　ねこのおんぼう。
かように　申つつようよう　おくの院へぞまいりける」
篠山城のお蔵では、ねずみの正体を姫君に気付かれて逃げられた権頭が哀しみに暮れ、心の落ち着きを取り戻さんと出家して、同じ志をもつねこの坊様とともに高野山で仏道に励む最後の件《くだり》をおりょうらは読み終えた。

「父上、篠山滞在も終わりを迎えたようですね」

駿太郎が河原町の旅籠河原篠山に向いながら小籐次に言った。

「駿太郎、なんぞ心残りがあるか」

「実の母上のお墓にお参りしました。お咲様が知る母の幼い頃の話をうねさんから聞き、よき思い出になりました」

「須藤平八郎どのの八上城址の稽古場はどうであったな」

「八上心地流はあのままお仲間方が稽古を続けていかれましょう」

小籐次は頷いた。

これまで筋目小出家と馬廻役須藤家の身分違いが悲劇を生んだと小籐次は理解してきた。だが、事実はそうではなかったのではないか。

八上城址の野天の稽古場で長年にわたって伝わってきたのは、剣術の流儀だけではなかった。

丹波地下人《じげにん》の波多野一族と、徳川の譜代の臣として遠江国から転封してきた青山家の丹波への愛着の度合いの差が、須藤とお英の悲恋の背後に横たわっていたのではないかと、小籐次は八上城址を訪ねたあと、考えた。

馬廻役須藤平八郎が篠山藩の中で、その存在があまり知られていなかったこともその辺りに遠因があるかとも思った。

「父上、なにを考えておられます」

「遠い昔のことのようじゃが、そなたの実の父親須藤平八郎どのの剣風は八上城址の本丸の野天道場から生まれたものかと考えておった」

「父上、丹波に来なければ父のことも母のことも駿太郎は知らずに生涯を過ごすことになっていたと思います」

「丹波を訪ねてよかったな」

はい、と駿太郎が返事をしたとき、お鈴の実家の旅籠の前に二人は到着していた。

三

篠山城三の丸の剣道場の三方の戸がすべて取り払われて、表に見物席が設けられた。ここには篠山藩士の他に出場者の家族や町人も含めて大勢の人たちが朝早

くから席をとり、ある者は悠然と酒を飲みながら初めての、

「赤目小籐次剣術試合」

が賑々しく催されるのを待っていた。

出場者らは対抗試合開始の刻限の一刻前から姿を見せて、体を温めている者もいた。

篠山は晩秋から冬へと移ろうとして、篠山盆地を取り巻く山並みの紅葉も終わりに近づいていた。

赤目小籐次と駿太郎、それに風呂敷包みを背に負った研ぎ師の次平が三の丸の控え部屋に入ったのは、開始の五つの四半刻前のことだ。すでに城代家老小田切越中以下、篠山藩の家臣たちは、警護の者を除いて大半の者が三の丸に姿を見せていた。

「おお、参られたか」

小田切がにこやかな顔で小籐次を迎えた。

「なかなかの盛況にござるな」

「もはや参加の剣士も見物人も揃っておる。駿太郎が最後じゃぞ」

小田切が次平を従えた小籐次親子に言った。

「それは相すまぬことであった」

小籐次は篠山で世話になった次平に対抗試合の見物をさせてくれぬかと、城代家老の小田切越中に願った。

「そなた、篠山まで来て研ぎ仕事をしていたそうな。篠山の研ぎ方は江戸とは違うか」

「さすがに老中青山様のお国柄、研ぎ師の次平親方の腕もなかなかのもの、小籐次大いに励まされましたぞ」

と小籐次が答えた。

駿太郎が竹刀を手に四人の組仲間のもとへと向った。

「父上、参ります」

「駿太郎はかような試合になれておるのかのう。他の者は一刻以上も前からきて準備をしておったが、緊張しておる。駿太郎は平静じゃな」

「来春には十三歳、体付きは大人でも心は未だ幼うござる。大人より緊張感が希薄でござるかな」

小籐次が答えたが、駿太郎はいつもどおりに未明に起きて、旅籠河原篠山の狭い庭で独り体を動かし汗を搔いたことを小籐次は承知していた。そして、旅籠の心づくしの朝風呂に小籐次といっしょに浸かって稽古着に換えたのだ。

「城代家老、赤目様、お早うございます。まずはお二方、見所の席にお出まし下され」

今回の対抗試合の立会を務める依田指南が挨拶を兼ねて、道場入りを告げにきた。

「依田指南、見所にわしの席を設けられたか」

「赤目様の名を冠した対抗試合ですぞ。当然主客の席は見所にござる」

依田指南に言い返されて、小籐次は小田切といっしょに剣道場に入った。すると試合場の内外に緊張が走った。

小籐次が見所から道場を見渡すと、都合二十八組百四十人の出場剣士がすべて顔をそろえて十四組ずつ東西に分かれて控えていた。

「城代家老、一言ご挨拶を」

依田指南に促された小田切が見所に立ち上がり、

「篠山城下に天下に武勇の名をとどろかせた赤目小籐次どのを迎え、初となる篠山藩士の対抗試合を行う。江戸にありて幕府老中の重職を二十年余にわたりて勤めておられる藩主忠裕様に、『国許篠山城下に一片の気の緩みもなし、意気盛んなり』とご安心頂くためにも、各位は力を尽くして戦え、期待しておる」

と挨拶し、依田指南が、

「東一の組、西一の組、これへ」

と一番目の試合の五名ずつを道場の中央に招いた。すると見物席から歓声が沸いた。

東一の組は偶然にも篠山藩士で構成され、西の組は中士の陪臣や下士が通う西浜町の町道場の五人だった。それだけにどちらにも対抗意識が強く、見物席の応援も二分された。

こたびの試合は依田指南が小籐次と相談し、一本勝負、道具は竹刀と決めた。一、二回戦は先鋒、次鋒、中堅、副将、大将同士の五人で戦い、三勝したほうが勝ち上がる仕組みだ。準々決勝からは試合形式を変え、勝ち抜き戦とした。先鋒から始めて大将を打ち取った組が準決勝に進むことになる。

対抗試合の第一戦目は、先鋒と中堅は篠山藩士組が、次鋒と副将は町道場組が勝ちを得て、大将同士で決着がつくことになり、弥《いや》が上にも会場が盛り上がった。

結局大将の篠山藩小姓組頭の佐々木主水《もんど》が、相手の下村子三郎の胴を抜いて勝ちを得た。

この試合を皮切りに熱戦が続き、第一回戦の勝組十四組が決まった。

上士の稲富五郎佐が大将の組に入れられた駿太郎は、相手の先鋒に小手を決めて勝ちを得た。第一回戦に要した時間《とき》は一刻半だった。

二回戦、駿太郎は篠山藩の御番衆の汲田伊三郎が大将の組と対戦し、先鋒の二十一歳の剣士の胴を叩いて床に転がし、会場を大いに沸かせた。

むろん汲田の上役にあたる御番組頭の喜多谷六兵衛ら五人も余裕を持って勝ち残り、七組の中に入った。七組となれば当然一組が不戦勝となる。くじ引きの結果、町道場の最後の勝ち残り組が不戦勝を得た。

残りの六組から勝ち抜き戦と試合形式が変わった。

先鋒の駿太郎は、相手の先鋒と次鋒を破り、中堅と長い試合になったが相打ちに終わった。相手の副将が駿太郎側の次鋒、中堅を破ったが味方の副将が疲れのでた副将、大将の二人を破った。その結果、大将の稲富五郎佐を残して準決勝へと勝ち残った。

喜多谷六兵衛が大将の組も大将同士の戦いを制して準決勝に進んだ。この六兵衛の組が不戦勝の町道場組と準決勝で対決することになった。

一方の準決勝の二組は、駿太郎が先鋒を務め、大将は稲富五郎佐の組が、同じく篠山藩の目付頭の村上治三郎が大将を務める組と熱戦を演じることになった。ここでも十二歳の駿太郎は相手の先鋒を面打ちに倒し、次鋒と相打ちに引き分けた。

結局決勝は、稲富五郎佐の組と喜多谷六兵衛の組、下馬評どおりの二組が戦うことになった。

刻限はすでに八つ（午後二時）を回っていた。

四半刻の休憩が許され、決勝戦の出場者は控え部屋にいったん姿を消した。

「赤目どの、酒はどうだな」

見所の小籐次に城代家老が話しかけた。

「酒は好物ですがな、対抗試合が終わってからゆっくりと頂戴したい」

「やはり駿太郎の出来が気になるか」

「駿太郎は出来過ぎにござる。苦い負けを経験するのが今後のためじゃがな」

小籐次の答えであった。

「城代家老様、ちと中座致す」

「厠なれば小姓に案内させよう」

「いや、次平親方と話がござってな、控え部屋を暫時お借りしよう」

と言い残した小籐次が次平を手招きして剣道場を出た。

決勝戦が始まった。

駿太郎の組の大将稲富五郎佐は、不動だった順番を入れ替えた。

先鋒の駿太郎をなんと副将の蔵奉行支配下野木次左衛門と入れ替えたのだ。野木はこれまで引き分けがあるもののあとは見事な一本勝ちを納めた強者だ。

一方の喜多谷六兵衛の組はこれまでどおり、先鋒は町奉行支配下の町目付陣野彦四郎だ。蔵奉行と町奉行支配下では付き合いがないのか、野木は陣野の剣術を知らなかった。むろん陣野も野木のことを知らないに等しかったが、本日の野木の試合ぶりをとくと見ていた。

その違いが決勝の先鋒同士の試合の明暗を分けた。

野木はこれまで正眼から飛び込み面で決めてきた。その動きの瞬間に利き足をわずかにつま先立ちすることを陣野は確かめていた。

ゆえに正眼に構え合った瞬間、先手をとって飛び込み、小手に鮮やかに決めた。

「嗚呼ー」

と野木が悔いの声を洩らしたが、事はすでに決していた。

陣野は事実上副将格の野木を倒したことで勢いづき、稲冨組の次鋒、中堅と破って副将に座った駿太郎と対決することになった。

駿太郎は、陣野彦四郎の正眼の構えに珍しく突きの構えで応じた。相手の先手必勝の勢いを止めるための突きだった。駿太郎はこれまで突きの稽古はしたこともなければ好みでもなかった。

「ほう」

見所の小田切越中が驚きの声を洩らし、

「赤目どの、来島水軍流に突き技はござるか」

「正剣十手の中に突きはござらぬ。されど脇剣七手に竿突きの技はござる。じゃが、駿太郎には格別に教えたことはない」

十二歳の駿太郎の突きの構えに、勢いに乗る陣野彦四郎も一瞬間合いをとった。それを見た駿太郎は、突きの構えで引き付けつつ、腰を沈めて流れ胴斬りを放つと、疲れの見えた陣野の胴にびしりと決まった。

「ほうほう、やりおるな」

小田切越中が駿太郎の変化技を褒めた。

駿太郎はさらに喜多谷組の次鋒、中堅を破り、相手方の副将東軍流の遣い手我妻伝左衛門と戦い、激戦の末に面と胴の相打ちで引き分けた。

結果、大将同士の稲富五郎佐と喜多谷六兵衛の戦いになった。

すでに刻限は晩秋の陽射しが傾き七つを過ぎていた。

互いに手の内を知り合った二人は、丁々発止と打ち合い、一瞬の隙をついた六兵衛が面打ちに決めた。

「西の組、大将喜多谷六兵衛の面打ちにて勝負ござった」

依田指南が勝ちを宣告し、小籐次のほうを向くと、

「赤目小籐次様、一言ご講評をお願い申す」

と願った。

見所を下りた小籐次は、決勝を戦った二組を見所の前に呼んで座らせ、

「初めての対抗試合に相応《ふさわ》しい大将同士の見事な打ち合いであった。江戸におられる殿もこの試合の模様をお知りになれば、『予の江戸定府の間にも篠山領はいささかの気の緩みもなし』と安心なされるであろう」

としばし間を置き、

「篠山城下滞在に際し、篠山藩士、城下の住人方のご親切ご厚意をわれら赤目一家、生涯忘れることはござらぬ。お礼を申し上げたい」

と言って頭を深々と下げた。

「そ、それはわれらの言葉にござる」

喜多谷六兵衛が慌て、

「いかにもさよう。われらこそ赤目小籐次どのの熱意に感謝すべき立場にござる」

と稲冨五郎佐が述べると頭を下げた。

小籐次は一同に頷き返すと、

「次平親方」

と手招きした。

風呂敷包みを抱えた次平が小籐次のもとへやってきて、緊張の面持ちで解いた。

そこには刀袋に入った脇差、小さ刀があり、それぞれに名が記された紙片がついていた。小籐次は決勝戦を前に中座した折、決勝戦出場者十人の剣術を思い浮かべて、それぞれの刀を贈る相手を決めたのだ。

「稲冨五郎佐どの、わしの気持ちじゃ、受け取ってくれぬか」

一本の脇差を差し出した。

「な、なんとそれがしに」

「無銘じゃがな、山城国の鍛冶が鍛えた一剣かと思う」

「赤目様、拝見してよろしゅうござるか」

頷いた小籐次は次に喜多谷六兵衛に、別の脇差を贈った。

「そなたの脇差は伊勢辺りの刀鍛冶かのう」

「なんとそれがしにも」

感激の体の六兵衛が両手で捧げ持ち、受け取った。その傍らで稲冨が脇差の拵えを見て、静かに鞘を払った。

「研ぎがかかっておる」

「稲冨様、赤目様がうちで精魂こめて研ぎ上げられた刀だよ」

と次平が言った。

「赤目小籐次、そなた、稽古を数日休みおったが、稲冨らに褒賞の品を考えておったか」

見所から小田切越中が言葉をかけ、小籐次が頷き返して喜多谷組と稲冨組の残りの八人にそれぞれ、

「よう戦った」

とか、

「この二月で格段に力がついた」

と褒めながら手渡した。

駿太郎を除く七人が思い掛けない褒賞の品に驚愕して受け取った。

感激の面持ちの喜多谷六兵衛が、

「赤目様、わが家の家宝に致します」

と礼を小籐次に述べた。

「喜多谷様、赤目様が為されたことは研ぎばかりではありませんぞ。ご一統様、目釘を抜いて茎《なかご》の銘を確かめてご覧なされ」

と次平が言い、六兵衛が、

「なに、それがしの脇差には銘が刻んであるか」

と言いながら目釘穴を見た。すると目釘抜きの道具を懐から出した次平が、

「わしが抜きましょう」

と手際よく目釘を抜いて再び六兵衛に返した。

柄を抜いた六兵衛がしばし無言で茎を見て、

「なんということか」

と喜びの声を洩らし黙り込んだ。依田指南が、

「喜多谷、どうした。茎の銘はなんとある」

と六兵衛の茎を覗き込んで沈黙した。傍らから六兵衛の脇差の茎を確かめた稲冨が、

「な、なんと」

と驚きの声を上げた。

「どうしたのだ、稲冨、喜多谷」

と見所の城代家老が立ち上がった。

六兵衛が小田切越中に歩み寄り、茎を見せた。

「おお、茎に『研師赤目小籐次』と刻んであるわ。かような逸品を持つとは喜多谷、誉じゃな」

「いかにも誉にございます」

と六兵衛が胸を張った。

「次平、それがしの脇差にも銘があるか」

「それぞれの脇差、小さ刀の茎に赤目様は、その七文字を刻まれました」

と聞いた七人が次平のもとへ並んで目釘を抜いてもらい、研師赤目小籐次、と珍しい銘が刻まれた茎を確かめた。

「駿太郎様は目釘をどうなさいますな」

と次平が最後に残った駿太郎に尋ねた。駿太郎の手の小さ刀は刀袋も外されていなかった。

「この小さ刀は私のものではございません」

「と、申されますと」

「次平親方、目釘を抜いて、父がどなたに差し上げたかったか確かめて下さい」

駿太郎が願った。

「わしに確かめろってか」

と言いながら目釘を抜き、柄を外した次平が茎を見て、その銘に釘付けになった。

「次平、どうした」

と六兵衛が尋ねた。すると次平が黙って茎を六兵衛に見えるように差し出した。

そこには、

「深謝　研師次平親方　酔いどれ小籐次」

の銘が刻まれて見えた。

「なんと赤目様は駿太郎さんの組が勝ち上がることを承知しておられたか」

「喜多谷、駿太郎もその小さ刀が自分のものではなく、次平に贈るものと察しておったわ。さすがは赤目親子にございますぞ、ご家老」

依田指南が感極まった言葉を小田切越中に述べた。

しばし沈黙のあと、

「一同の者、宴の仕度を致せ。赤目小籐次一家との別離の宴じゃぞ」

と城代家老自らが哀しみを押し隠した声音で命じた。

最前まで対抗試合の場だった剣道場に丹波杜氏の手になる四斗樽がいくつも運ばれてきた。

そこにおりょうたち女衆が加わり、急に場が華やいだ。

「母上、『鼠草紙』の読み合わせ、終わりましたか」

「終わりましたとも。篠山にはあれこれと宝物が眠っておりましたね」

「はい。篠山を去るのが寂しくなりました」

「駿太郎は篠山に残りますか」

「父上はどうなされますか」

「わしか、おりょうが江戸に戻るというならば従うほかはあるまいな。いつまでも『酒一升九月九日使い菊』を丹波で楽しんでおるわけにもいくまい」

「わが亭主どのは、『鼠草紙』より田ステ女様の五七五が気に入られたようでございます」

とおりょうがいうところに五升入りの大杯が小籐次のもとへと運ばれてきて、恒例の大杯干しで別離の宴が始まった。

四

小春日和の江戸の芝口橋には今日も行列が出来ていた。

暦の上では十月、冬に入り半月が過ぎたが、穏やかな日が続いていた。天気が続くせいか、酔いどれ小籐次と駿太郎人形の見物の人々の意欲をそぐことはなかった。また読売屋の空蔵が、

「酔いどれ人形のご開帳はそろそろ終わり、なぜならば本物の赤目小籐次一家が江戸へ戻ってくる日が近し」

とか、

「酔いどれ人形への浄財絶えず。酔いどれ人形の霊験灼《あらた》か」

などと読売で繰り返し書き続けるものだから、

「話のタネだ。一度くらい酔いどれ人形の面を拝みにいくか」

とこれまで芝口橋に足を向けなかった江戸っ子や、日本橋を出立して東海道を京へ上ろうとする旅人が手を合わせていく習慣が定着した。

久慈屋ではもはや看板になった酔いどれ人形を引っ込める切っ掛けを失い、

「生きた赤目小籐次と駿太郎親子と交代させましょう」

と腹をくくっていた。

今日も芝口橋から芝口一丁目に向って行列が伸びて、屋台の蕎麦屋や饅頭屋、焼き栗屋などが商いをしていた。

久慈屋では店の周りだけではなく行列が伸びた橋の南側まで朝夕と掃除をして、住人から文句が出ないようにした。

久慈屋のおやえが長男の正一郎と赤子のお浩を連れて店に出ると、行列を確かめた。いつものことだ。そこへ南町奉行所の定廻り同心の近藤精兵衛と難波橋の秀次親分が姿を見せた。

このところ、昼下がりになると久慈屋や小籐次と関わりが深い面々が顔を揃えた。むろん小籐次一家が帰ってくるのではないかと、期待してのことだ。

「見廻りご苦労様にございます」

お浩を抱いたおやえが二人に挨拶した。

「おやえさん、赤子は元気そうじゃな」

と秀次が応じ、

「はい。お陰様でおっぱいもたっぷりと飲みますし、なによりよく眠るんです」

「おかみさん、寝る子は育つといいますぜ、すくすくと元気に育つこと間違いなしだ、それにさ、これだけの人びとがお参りにくるお店なんて江戸じゅう探したってございませんからね。久慈屋の家内安全商売繁盛間違いございませんよ」

と付け加えた。

「とは申せ、そろそろ本物の赤目小籐次様方に戻ってきてほしいのでございますがな」

大番頭の観右衛門が話に加わった。

「青山様の江戸藩邸からは、冬になる前に篠山を発ったという御用便が届いたとお知らせがございました。神無月《かんなづき》も半ば過ぎでございますよ。いくらなんでもどこぞへお廻りになったということはございませんよね」

「大番頭さん、どこぞへってどこですよ」

「さあてそこが分かりません」

観右衛門が首を捻り、言い足した。

「京の都は往路に見物していましょう。となると讃岐《さぬき》の金毘羅《こんぴら》様ですかね」

「墓参を済ませたのだ、金毘羅様参りでござるか。物見遊山にどこぞに立ち寄るということはないだろう」

近藤精兵衛が言い、帳場格子の前の上がり框に腰を下ろした。

「八代目、浄財だがな、昨日のものを加えて百八十七両三分三朱と二百十三文に達した。それに豆枝銀を加えると二百両を超えておる」

と近藤が報告した。

むろん久慈屋でも毎夕二つの洗い桶に入った銭を勘定して、「酔いどれ浄財帳」に認めているのだ。いくらになったかは承知していた。ともあれ毎日久慈屋の店で交わされる話だった。

看板代わりに安置した酔いどれ人形に浄財が集まるようになって三月近く、一日平均二両以上は集まったということだ。

「酔いどれ小籐次様の人気、ますますでございます。これで当人が戻ってくるとどんな騒ぎが起きるやら」

観右衛門が期待半分懸念半分という顔で言った。

そこへ新兵衛の手を引いたお夕が姿を見せた。新兵衛は酔いどれ人形がいたく気にいったらしく三日に上げず見物にきた。

「おい、親兵衛さん、風邪なんぞひいてないか」

と新兵衛を知る住人が声をかけた。

「だれじゃ、新兵衛などと呼びおって。それがしは天下の赤目小籐次、またの名を酔いどれ小籐次と申す武芸者であるぞ」

綿入れの腰に差した木刀の柄に手をかけた。

「おっと、しまった、言い間違えた。いかにも赤目小籐次様でございましたな、いかがですな、この賽銭の上がり具合は」

新兵衛が洗い桶を覗き込み、

「本日はいささか少ないではないか。そのほう、しみったれておらぬか、どどっと小判を投げ入れよ、功徳があるぞ」

「新兵衛さんよ、ほんとうに、ほんとうによ、呆けてんのか。それともおれたちを誑《たぶら》かしているのか」

と双葉町裏長屋に住む大工のヨシ公が質した。

「それがしは、赤目小籐次である。のう、お女中」

と孫娘のお夕に念を押した。

「そうよ、爺ちゃんは赤目小籐次様よ。でも、赤目様が江戸を留守にしている間だけよ」

「これ、爺ちゃんとはだれに向って言うておるか」

「はいはい、分かりました。酔いどれ小籐次様」

といなすお夕を国三が、

「お夕ちゃんはえらいな。桂三郎さんを錺職の師匠と父親に、新兵衛さんを爺様と赤目小籐次様に使い分けて暮らしているんだからな」

と感嘆の言葉を洩らした。すると、
じろり
と国三を睨んだ新兵衛が、

「下郎、通りがかりの娘に手などを出すでないぞ」

と木刀に手をかけ、国三が、

「失礼を仕りました」

と新兵衛に慌てて低頭した。

その刻限、六郷の渡しを船で無事に越えた小籐次一行四人は、品川宿へと向っていた。

「お鈴さん、この次の品川宿が東海道を江戸へ下る最後の宿場です。父上、品川から日本橋まで二里ほどでしたね」

お鈴は篠山藩江戸藩邸へ御用で向うとの道中手形を出してもらい、小籐次一家に加わって篠山街道、さらには東海道を旅してきたのだ。

長旅が初めてのお鈴が加わったことで、おりょうは話し相手が出来、そのせいか一日およそ八里ほどをこなしてきた。お鈴も小籐次一家と旅することには柏原行を一度経験しており、すっかり家族の一員のようになりきっていた。

「七つ前には久慈屋に辿りつこうな」

「江戸ってどんなところでしょう。京のようにお店やお寺さんがたくさんある都ですよね」

「お店はたくさんあります。本日、最初に立ち寄って旅から戻りましたと挨拶する久慈屋さんも紙問屋です。でも京の都のように雅な感じはしません」

「どうしてなの」

「男が多く住んでいるんです。それも参勤交代で江戸に来たお侍が多いところです。それに武家屋敷ばかりが目立ちます」

「篠山城下だって武家屋敷が目立つわ」

「お鈴さん、江戸には二百六十数家の大名家が屋敷を構えておる。それも上屋敷、中屋敷、下屋敷の他に抱屋敷と称する屋敷まで所有する大名がおられる。江戸の七割かたは武家屋敷といってよかろう。京の都は、公家の屋敷や寺社が多く見られたな、だが、江戸は駿太郎がいうとおり、勤番者と称する各大名家の家来が住んでおるでな、百万のうち、五十万人が武家方といわれるほど、野暮な都だ」

「ひ、百万人が住む都が江戸でございますか」

お鈴が驚きの声を上げた。

いつしか四人は品川の海が見える寺町に入っていた。

「江戸にはお寺さんもありますよ」

「お鈴さん、ここは品川宿の外れ、未だ江戸ではない」

「お江戸日本橋と歌われる五街道の起点となる日本橋まであと二里です。もう少し頑張ってください」

駿太郎がお鈴を鼓舞して、旅籠が道の両側に櫛比《しっぴ》する南品川から北品川宿に架かる中ノ橋を渡った。

「お鈴さん、私が奉公していた旗本水野家も、わが亭主どのが住まいしていた下屋敷もこの道の左手奥にございます」

おりょうがお鈴に教えた。

「おりょう様と赤目様はこの界隈で屋敷奉公しておられましたので」

「旦那様は私が水野家の奉公に出た十六の折から私を承知なのです」

「えっ、赤目様は十六のおりょう様を承知でしたか」

ふっふっふふ

と笑った小籐次が、

「わしはのう、観音様かお姫様を崇めるように若き日のおりょうの姿を見ておったぞ」

「まあ、なんと」

とお鈴が絶句して改めて小籐次とおりょうを見比べた。

「似合いの夫婦であろうが」

「は、はい」

とお鈴が返事に困り、おりょうがころころと笑った。

「お鈴さん。ほれ、この先に大木戸が見えてきました。あそこからが江戸のご府内です」

と駿太郎が教えた。

山国の篠山育ちのお鈴は品川の海を見たり、草鞋、菅笠、杖、手拭いなど旅道具を売る店が並ぶ光景を見たり、驚きにもはや言葉が出なかった。

「お鈴さん、父上の旧藩、豊後森藩の上屋敷です」

駿太郎が教えた。

「立派なお屋敷ですね。青山の殿様とどちらが大きいの、駿太郎さん」

「父の旧藩とご老中の青山様のお屋敷は比べようがございません。お鈴さん、最初に青山様の江戸藩邸にご挨拶に立ち寄りますか」

駿太郎が念を押した。

「いえ、私、駿太郎さんの御家に泊めて下さい」

江戸の町並みに圧倒されたかお鈴が言った。

小籐次は増上寺の門前を過ぎた辺りから背中がもぞもぞとし始めた。

「お鈴さん、久慈屋さんはもう五、六丁先の芝口橋の袂にあります。父上と私が研ぎ場を設けさせてもらって仕事をしているお店です」

「駿太郎さん、ほんとうに赤目様と駿太郎さんは刃物研ぎの仕事をしているの」

お鈴が疑いを抱きながら尋ねられなかったことを聞いた。

「お鈴さん、ほんとうですよ。わが亭主様を理解するには何日も、いえ、何年もかかります」

とおりょうが言ったとき、東海道の片側に二列に並んだ行列の最後尾が見えた。

「なんじゃ、あれは」

小籐次が驚きの声を洩らした。

「おまえ様、この行列の先は久慈屋さんではございませぬか」

「久慈屋になんぞあったか」

「いえ、おまえ様に関わりがあることのような気がします」

「なんじゃと」

小籐次一家は行列とは反対の軒下を顔を背けながら芝口橋に急いだ。

「おお、父上、やはり母上の申されるとおり久慈屋さんに行列の方々がお参りされておられます」

眼のいい駿太郎が人混みの間からちらりと久慈屋の店先の人形を見て、

「父上、私たちが刃物の研ぎをしております」

「ばかを申せ。われらはここにおるではないか。何者がわしらの研ぎ場を乗っ取りおったか」

「父上、私どもの人形が研ぎ場に並んでいます。そこへ行列の方々がお参りしておられるのです」

「なにっ、赤目大明神の再来か」

芝口橋をそっと渡り終えた小籐次らの姿を国三が見つけて、

「旦那様、大番頭さん、赤目様方がお戻りになられました。行列をご覧になって言葉を失っておられます」

と小声で伝えると空蔵がいきなり表に飛び出していき、

「赤目小籐次、ようやく江戸に戻ってきやがったな！」

と大声で叫んだ。すると行列の面々が、

「おお、ほんものの酔いどれ小籐次様が戻ってきたぜ」

「人形の酔いどれ小籐次とどちらが功徳があるよ」

と言い合い、中には小籐次に向って合掌する者もいた。

夜半近く、江戸の内海を一艘の船が大川河口に向っていた。

久慈屋の荷運び頭の喜多造と配下の若い衆が漕ぐ船だった。

最前から黙り込んでいたお鈴に駿太郎が、

「お鈴さん、驚きましたか」

「言葉もありません」

「お鈴さん、この程度で驚いてはなりません。赤目小籐次はそれほど簡単なご仁ではないのですからね」

おりょうがお鈴に諭すように言った。

「おりょう、お鈴さんが魂消て言葉を失ったのも無理はないわ。なんとわしらの不在の江戸を酔いどれ人形が守っていたばかりか、浄財が二百両を超えて集まったと聞かされたのじゃぞ。手代の国三に竹細工など教えるのではなかったわ。おりょう、当人のわしですら言葉を失うわ」

久慈屋で夕餉の膳を囲みながら酔いどれ親子人形の誕生の経緯と、洗い桶が賽銭箱に変じたことなど諸々を聞かされて、小籐次は茫然自失した。

「おまえ様、それだけ江戸の方々に赤目小籐次は敬われておるのです。だれにもできることではございません」

「おりょう様の申されるとおり、赤目小籐次様のこれまでの数多の勲しと善行がなければできぬ話ですぞ」

喜多造が問答に加わった。

「おお、久慈屋では気が付かなかったが、老中青山様に迷惑が掛からぬか」

「旦那様方からお聞きになられたでしょうが、青山様はお忍びで人形の見物に見えられたのですぞ。そのうえ、青山様は公方様にその模様をお告げになったそうな。その折、公方様は、『赤目小籐次が留守をしていても酔いどれ小籐次と駿太郎の人形が江戸を守っておるか、その上浄財が集まるとはな、あの爺にしか出来まい』と上機嫌で感嘆なされたそうですぞ」

喜多造が夕餉の場では聞かされなかった話をした。

船は内海から大川へと入っていった。

「お鈴さん、本日はもう暗くなって千代田のお城は見えません。明日、お城が見える場所に案内します」

駿太郎がお鈴を慰めた。

最前から驚きの連続で話のすべてを飲み込めないお鈴が大川の川風に吹かれながら、

「これが江戸の冬なのね。もはや篠山の山には真白に雪が積もっておりますよ」

と篠山を思い出したように呟いた。

望外川荘では飼犬のクロスケとシロが最前からそわそわとしていた。

その様子に、主のいない望外川荘を守ってきたお梅も起き出して、百助《ももすけ》に尋ねた。

「どうしたのかしら、クロスケとシロったら」

しばし黙り込んでいた百助が、

「主様一家が旅から戻ってきたんではねえか」

「あっ」

とそのことに気付いたお梅が、

「クロスケ、シロ、おまえたちの勘が当たっているかどうか、ほら、船着場に行くわよ」

と提灯に灯りを点して船着場に急いだ。

百助は主一家がいつ戻ってきてもよいように仕度していた風呂の窯に火を入れた。

クロスケとシロが船着場へと駆けていき、お梅が湧水池の岸辺に辿りついたとき、葦原の間の水路から久慈屋の提灯を点した船が見えてきた。

二頭の飼い犬が喜びを全身に表して船着場を飛び回った。

「お帰りなさい」

お梅の声に、

「お梅さん、ただ今戻りました」

駿太郎が応じていた。

クロスケとシロが船中の駿太郎とお鈴の間に飛び込んできて、この娘はだれだ、
という風にお鈴の匂いを嗅いだ。

その瞬間、お鈴は、

(江戸に着いたのだ)

と思った。その傍らで小籐次が、

「おりょう、長い旅路であったな」

「おまえ様、なんとも楽しい篠山訪問にございました」

「われら、駿太郎の父と母になったかのう」

ふっふっふ
と笑ったおりょうが、

「私どもは出合ったときから夫婦であり、親子でございましたよ」

と答えたものだ。

そんな再会の模様を、神無月の下弦の月が静かに見下ろしていた。

参考資料
『篠山本　鼠草紙』愛原豊著　三弥井書店
『ミニ絵巻　ねずみのそうし』創造舎
『柏原の俳人　田ステ女』柏原町歴史民俗資料館
『元禄の四俳女』柏原町歴史民俗資料館
『常設展示ガイドブック』柏原町歴史民俗資料館

文春文庫

定価はカバーに表示してあります

鼠《ねずみの》草《そう》紙《し》
新《しん》・酔《よ》いどれ小籐次《ことうじ》（十三）

2019年2月10日　第1刷

著　者　佐《さ》伯《えき》泰《やす》英《ひで》
発行者　花田朋子
発行所　株式会社 文藝春秋

東京都千代田区紀尾井町3-23　〒102-8008
TEL 03・3265・1211㈹
文藝春秋ホームページ　http://www.bunshun.co.jp

落丁、乱丁本は、お手数ですが小社製作部宛お送り下さい。送料小社負担でお取替致します。

印刷・凸版印刷　製本・加藤製本　Printed in Japan
ISBN978-4-16-791218-5

居眠り磐音

居眠り磐音 《決定版》 順次刊行中！

友を討ったことをきっかけに江戸で浪人暮らしの坂崎磐音。隠しきれない育ちのよさとお人好しな性格で下町に馴染む一方、〝居眠り剣法〟で次々と襲いかかる試練と敵に立ち向かう！

① 陽炎ノ辻 かげろうのつじ
② 寒雷ノ坂 かんらいのさか
③ 花芒ノ海 はなすすきのうみ
④ 雪華ノ里 せっかのさと
⑤ 龍天ノ門 りゅうてんのもん

⑥ 雨降ノ山 あふりのやま
⑦ 狐火ノ杜 きつねびのもり
⑧ 朔風ノ岸 さくふうのきし
⑨ 遠霞ノ峠 えんかのとうげ
⑩ 朝虹ノ島 あさにじのしま

⑪ 無月ノ橋 むげつのはし
⑫ 探梅ノ家 たんばいのいえ
⑬ 残花ノ庭 ざんかのにわ
⑭ 夏燕ノ道 なつつばめのみち
⑮ 驟雨ノ町 しゅうのまち

※白抜き数字は続刊

16 螢火ノ宿 ほたるびのしゅく
17 紅椿ノ谷 べにつばきのたに
18 捨雛ノ川 すてびなのかわ
19 梅雨ノ蝶 ばいうのちょう
20 野分ノ灘 のわきのなだ
21 鯖雲ノ城 さばぐものしろ
22 荒海ノ津 あらうみのつ
23 万両ノ雪 まんりょうのゆき
24 朧夜ノ桜 ろうやのさくら
25 白桐ノ夢 しろぎりのゆめ
26 紅花ノ邨 べにばなのむら
27 石榴ノ蠅 ざくろのはえ
28 照葉ノ露 てりはのつゆ
29 冬桜ノ雀 ふゆざくらのすずめ
30 侘助ノ白 わびすけのしろ
31 更衣ノ鷹 きさらぎのたか 上
32 更衣ノ鷹 きさらぎのたか 下
33 孤愁ノ春 こしゅうのはる
34 尾張ノ夏 おわりのなつ
35 姥捨ノ郷 うばすてのさと
36 紀伊ノ変 きいのへん
37 一矢ノ秋 いっしのとき
38 東雲ノ空 しののめのそら
39 秋思ノ人 しゅうしのひと
40 春霞ノ乱 はるがすみのらん
41 散華ノ刻 さんげのとき
42 木槿ノ賦 むくげのふ
43 徒然ノ冬 つれづれのふゆ
44 湯島ノ罠 ゆしまのわな
45 空蟬ノ念 うつせみのねん
46 弓張ノ月 ゆみはりのつき
47 失意ノ方 しついのかた
48 白鶴ノ紅 はっかくのくれない
49 意次ノ妄 おきつぐのもう
50 竹屋ノ渡 たけやのわたし
51 旅立ノ朝 たびだちのあした

書き下ろし〈外伝〉

① 奈緒と磐音 なおといわね